Erin Watt
Paper Party

Erin Watt

PAPER PARTY

Die Leidenschaft

Übersetzung aus dem Englischen
von Franzi Berg

PIPER

Mehr über unsere Autoren und Bücher:
www.piper.de

Von Erin Watt liegen im Piper Verlag vor:
Paper Princess
Paper Prince
Paper Palace
Paper Passion
Paper Party

FSC
www.fsc.org
MIX
Papier aus verantwortungsvollen Quellen
FSC® C083411

ISBN 978-3-492-06122-3

Titel der englischen Originalausgabe:
»Tarnished Crown«

Satz: psb, Berlin
Gesetzt aus der Dolly
Druck und Bindung: CPI books GmbH, Leck
Printed in Germany

Erstes Kapitel

GIDEON

Heute

»Warum hab ich noch mal gesagt, dass ich mitkomme?«, brumme ich, während ich mich in dem proppenvollen Raum umsehe. Diese Party ist wie hundert andere, auf denen ich seit meinem vierzehnten Geburtstag war – seit ich herausgefunden habe, wie man sich eins der Autos aus Dads Garage schnappt und damit wegfährt. Die Musik ist vielleicht etwas besser als üblich, weil die Studentenverbindung sich einen echten DJ geleistet hat, dafür ist das Bier aber eher mittelmäßig und die Pillen auch.

»Weil es Freibier gibt und heiße Mädels. Was braucht man mehr?«, antwortet Cal Lonigan, einer meiner Schwimmkumpels.

»Das war eine rhetorische Frage.«

»Hast du dir die Babes denn überhaupt schon angesehen? Ist in deiner Hose etwa nix mehr los, sag mal? Allein da drüben stehen zwölf gute Gründe, hier zu sein.« Cal deutet mit seiner Bierflasche zu einer Gruppe von Mädchen.

Für mich sehen sie alle gleich aus. Toupierte Haare, knappe Kleider und Schuhe, die die Waden hochgeschnürt werden. Meine Stiefschwester wusste, wie die heißen. Römersandalen? Griechensandalen? Kümmert mich das wirklich?

Nein. Nein, absolut nicht. Mich zu kümmern, damit habe ich vor einer Weile aufgehört.

Ich gebe Cal das Bier zurück, das er mir gerade erst in die Hand gedrückt hatte. »Verzichte.«

»Verzichte?«, wiederholt er ungläubig. »Was ist denn mit der? Die Asiatin da in der Ecke ist Turnerin. Wie ich höre, ist sie so gelenkig, dass sie sich zu einer Brezel verbiegen kann.«

Wer will denn Brezeln vögeln? »Verzichte gerne.«

»Ich mach mir echt Sorgen um dich, Mann.« Er hält sich die Flasche vor den Mund, ich schätze, um zu verhindern, dass jemand an seinen Lippen ablesen kann, was er als Nächstes sagen will. »Man munkelt, dass du dir schon lange nicht mehr den Schwanz nass gemacht hast. Was ist los? Ist er jetzt für immer eingelaufen?«

Ich öffne den Mund, um ihm zu sagen, dass das gar nicht möglich ist. Aber ich entscheide mich dagegen. Er hat als Kind zu viel Chlorwasser geschluckt, das hat seine geistige Entwicklung beeinträchtigt. Man kann ihm das nicht vorwerfen. »Du hast echt Glück, dass du schnell schwimmen kannst und gut aussiehst, Cal.« Ich klopfe ihm auf den Rücken.

»Du findest, ich seh gut aus«, quietscht er. Dann schaut er sich mit aufgerissenen Augen um, ob ihn jemand gehört hat. »Hör zu, du bist jetzt auch nicht gerade unattraktiv, aber du weißt doch, dass ich so nicht gepolt bin.«

»Wie dem auch sei, ich mach mich vom Acker. Diese Party ist –«

Und da sehe ich sie.

Sie hat sich die Haare geglättet, und ich weiß aus Erfahrung, dass sie das mindestens eine Stunde kostet. Sie ist geschminkt und hat sich klare Linien ins Gesicht gemalt, die sich um ihre Augen zu rauchigen Bögen formen. Außerdem sind da Pünktchen über ihren geschwungenen Lippen. Die Maske trägt sie, seit sie mit mir Schluss gemacht hat. Sie zeigt, wie wütend sie auf die Welt ist – und bereit, diese Wut an jedem einfältigen Trottel auszulassen. Keine Ahnung, mit wie vielen Typen sie in der Kiste war, seit sie mir eröffnet hat, mich auf die gleiche Art verletzen zu wollen wie ich sie. Sicher bin ich mir nur, dass sie kein einziges Mal wirklich Spaß dabei hatte. Wie sollte sie auch, wenn sie so sehr zu mir gehört wie ich zu ihr?

»Wer ist das Schätzchen, das du da anstarrst?«, fragt Cal neugierig.

»Fass sie an und du bist tot!«, knurre ich.

Dann lass ich ihn stehen, um herauszufinden, was Savannah Montgomery auf dieser verdammten Party will, wo sie doch eigentlich gerade die Träume der Neulinge an der *Astor Park* reihenweise platzen lassen sollte.

Ein Sigma ist bei ihr, bevor ich sie erreiche. Er stemmt einen Ellbogen über ihr gegen den Türrahmen und rammelt sie spielerisch an.

Ich fasse ihm an die Schulter. »Dein Kumpel Paul sucht dich.«

Der Arsch mit dem Polohemd und dem nichtssagenden Gesicht blinzelt mich an. »Paul?«

»Oder war's Peter? Parker? Er ist so groß.« Ich wedele mit der Hand auf Kinnhöhe herum. »Blond.«

»Meinst du Jason Pruitt?«

»Der wird's sein.« Ich schiebe ihn nicht sonderlich nett von Savannah weg.

»Ich muss mich leider um was kümmern.« Der Blödmann zwinkert meinem Mädchen zu. »Halt den Platz neben dir warm, ich komme wieder.«

»Wer ist Kumpel Paul?«, fragt eine Stimme neben mir.

Cal, verdammt. Ich fahre herum. »Was willst du?«

»Ich muss mir mal ansehen, was die Aufmerksamkeit des mächtigen Gideon Royal erregt hat.« Er streckt Sav seine riesige Pranke entgegen. »Cal Lonigan. Du kannst mich aber gern Long nennen.«

Sie nimmt seine Hand und hält sie länger, als mir lieb ist. »Long? Ist das einer dieser Fälle, wo der Spitzname wettmachen soll, was in Wirklichkeit fehlt?«

Ich beiße die Zähne zusammen. Ein Wunder, dass ich überhaupt noch Zahnschmelz habe. Meine Backenzähne haben eigentlich keine Pause, seit dem Tag, an dem ich Sav kennenlernte.

»Nee, nee. Alles genau wie beworben. Das kann Royal bezeugen. Wir sind beide im Schwimmteam.« Er beugt sich herab, um ihr einen Kuss auf den Handrücken zu geben. »Und jetzt, Prinzessin, suchen wir uns ein Örtchen, an dem ich dir zeigen kann, wie sehr mein Spitzname der Wirklichkeit entspricht.«

»Sie ist minderjährig«, platzt es aus mir heraus.

»Bin ich nicht, du Arsch.« Sav reißt ihre Hand los. »Ich bin achtzehn. In diesem Bundesstaat ist man mit sechzehn mündig, wie du sehr genau weißt.«

»Verschwinde, Cal.« Ich weigere mich, ihn Long zu nennen. »Sie gehört mir. Du kennst die Regeln.«

Savannahs Blicke könnten töten. »Ich gehöre dir nicht.«

Cal seufzt. »Schon gut, schon gut. Aber die Nächste hier, das ist meine.«

Ich lasse Sav nicht aus den Augen. »Dann leg los.«

»Ich bin kein Stück Fleisch, Gideon«, faucht sie mich an.

»Du kannst mich nicht einfach kennzeichnen, als wäre ich ein Truthahn, den du geschossen hast.«

Ich ignoriere den Einwand, weil ich etwas ganz anderes, viel Wichtigeres wissen will. »Was machst du hier?«

Sie lächelt, wenn auch gequält. »Ich schau mir das College an. Ich überlege, mich hier einzuschreiben.«

Eine Hälfte in mir jubelt. Die andere ist entsetzt. Ich verabscheue mich doch schon so sehr – brauche ich da wirklich noch jemanden, der mich auf dem Campus ständig daran erinnert, was für ein jämmerlicher Mensch ich bin? Nein. Brauche ich nicht.

»Meinst du nicht, das wird zu hart, auf dasselbe College zu gehen wie ich?«

»Warum sollte es?«, fragt sie kühl. Würde ich sie nicht so gut kennen, hätte ich mich vielleicht täuschen lassen, aber in ihrem gestählten Blick schimmert ein Fünkchen Schmerz.

»Das weißt du so gut wie ich. Weil wir uns gegenseitig umbringen werden.« Egal, wie viele Kilometer oder fremde Körper wir zwischen uns bringen, die Anziehung bleibt unverändert. Wir können unsere gemeinsame Vergangenheit genauso wenig leugnen wie unsere noch bestehende Verbindung, egal, wie sehr wir es versuchen. Aber wenn wir uns begegnen, dann verursachen wir einander grenzenlose Schmerzen.

»Ich bin längst tot. Das dürfte eigentlich nichts Neues sein für dich. Du warst es schließlich, der mir das Messer ins Herz gerammt hat.« Sie schiebt sich an mir vorbei, eine Wolke Magnolienduft, dazu ihre sinnliche Wärme treffen mich, bevor Sav von der Menge Studenten verschluckt wird, die ihre verschwitzten Körper aneinanderreiben.

»Ich glaub, die kann dich nicht leiden.« Cal taucht hinter mir auf, seine Miene sehr nüchtern.

»Du bist ein richtiges Ass, wenn's um zwischenmenschliche Interaktion geht, Cal.«

»Ich mein ja nur. Wo hast du sie kennengelernt? Wenn ich das fragen darf.«

»Wo schon?«, erwidere ich und versuche sie im Getümmel wiederzufinden. Aber es ist zu dunkel, und sie will nicht gefunden werden. »An der Highschool.«

Drei Jahre zuvor

»Savannah war früher ein richtiges Mauerblümchen. Zahnspange und komisches Haar. Dann hat sie sich in der zehnten Klasse plötzlich total verändert. Gid hat einen Blick auf sie geworfen und sich sofort an sie rangeschmissen.«

– Easton Royal, Paper Princess

»Unser letztes Jahr, G-man. Wir rocken das!«, brüllt Hamilton Marshall III, besser bekannt als Three, aus dem Panoramadach meines Wagens.

Seine Freundin, Bailey, zieht an seinem Hosenbein. »Setz dich wieder hin, du Hirni, sonst schlägst du dir noch den Kopf an irgendwas ab.«

Widerwillig kommt er wieder ganz zurück ins Auto. »Ich mach das nur deinetwegen, Babe. Wärst du dabei, wenn ich enthauptet würde, du würdest ja für den Rest deines Lebens nicht mehr froh. Und das will ich dir nicht antun. Dir auch nicht, G-man.« Er greift über die Lehne und klopft mir auf die Schulter.

Bailey schnaubt. »Ha! Von wegen. Gideon und ich würden uns miteinander über deinen Verlust hinwegtrösten, und dann vergessen, dass es dich jemals gab.«

»Sag, dass das nicht stimmt, G-man.« Three schlägt sich voller Dramatik gegen den Brustkorb. »Das würdest du mir doch nicht antun.«

»Gilt der Bro-Code auch noch nach dem Tod?« Das ist nur ein Gag. Eher würde ich mir die Hand abhacken, als Threes Mädchen anzufassen.

»Dann kümmere ich mich halt um dich, Spatzi«, sagt mein Bruder Reed vom Beifahrersitz aus zu Bailey. Er ist so faul, dass er dazu weder die Augen öffnet noch den Kopf anhebt.

»Niemals. Der Bro-Code gilt auch im Jenseits, von wo aus ich euch drei ganz genau im Auge haben werde.« Three deutet mit zwei Fingern auf seine Augen, dann wedelt er damit in unsere Richtung.

»Dann willst du also, dass die Liebe deines Lebens und dein bester Freund für den Rest ihrer Tage unglücklich sind, nur weil du so dumm warst, deinen Kopf aus dem Schiebedach zu halten, während dein bester Freund hundertzwanzig fährt?«, fragt Bailey.

»Hundertdreißig«, verbessere ich sie.

»Hundertdreißig«, wiederholt sie.

Three legt die Stirn in Falten. »Das hab ich so nicht gesagt.«

Reed grinst.

»Genau, du willst nämlich, dass wir uns gegenseitig trösten. Und dass ich dank Gideon die besten Orgasmen meines Lebens habe, weil du schließlich das Beste für mich willst.«

Ich unterdrücke ein Grinsen. Bailey trägt Threes Eier in ihrer Prada-Tasche herum.

»Auszeit.« Three formt ein T mit den Händen. »Also, irgendwo muss ich die Grenze ja ziehen, und die ist definitiv mit Orgasmen durch meinen besten Freund erreicht, selbst wenn ich tot bin. Ich werde das Leben nach dem Tod nicht genießen können, wenn du hier unten vom großen G bedient wirst.«

Okay, vielleicht auch nur eins.

»Wäre jemand Fremdes besser?«

»Definitiv. Deshalb ist Reed auch aus dem Rennen.«

Reed hebt den Finger, wohl um zu bestätigen, dass er das verstanden hat.

»Gideon, du solltest dir 'ne Freundin suchen. Das ist sicherer«, sagt Bailey.

»Inwiefern?«

»Also, erstens hört dann dieser schreckliche Wettstreit auf. Schlimm genug, dass Easton jetzt auch an der *Astor* ist. Ihr drei macht es dem weiblichen Teil der Schülerschaft wirklich schwer, überhaupt irgendwas gebacken zu kriegen. Und zweitens ist eine Beziehung gesünder. Man muss sich keine Sorgen um Geschlechtskrankheiten manchen. Oder darüber, dass das Mädel Löcher in ein Kondom pikst. Nicht wahr, Three?«

»Ganz richtig, Babe. Bailey nimmt jetzt schon seit einem Jahr die Pille.«

»Das machen doch die meisten Mädels«, sagt Reed, der immer noch nicht die Augen öffnet.

»Was hältst du von Abby Wentworth?«, schlägt Three vor.

»Igitt, nee«, protestiert Bailey.

»Was hast du gegen die Wentworth?«, frage ich und schiele verstohlen zu Reed. Er hat bei Jordan Carringtons Party vor ein paar Wochen mit ihr abgehangen. »Sie wirkt doch ganz nett.«

»Natürlich wirkt sie nett auf dich. Das ist eine von denen, die immer auf lieb und nett machen, wenn ein Kerl in der Nähe ist. Erwisch die mal alleine, dann ist sie einfach nur langweilig und manipulativ.« Bailey rümpft die Nase. »Und das macht die Sache noch schlimmer, denn beklag dich mal über die, dann klingst du sofort total bescheuert. Als wär man eifersüchtig oder so was.«

Three schnappt sich Bailey und zieht sie zu sich, um sie zu küssen. »Mach dir keine Sorgen, Babe. Du hast keinen Grund, eifersüchtig zu sein.«

»Das weiß ich doch«, sagt Bailey und tätschelt ihm den Kopf wie einem artigen Hund. »Wie wäre es mit Jewel Davis? Die ist durch und durch annehmbar.«

»Klingt sterbenslangweilig«, sagt Reed.

Da muss ich ihm recht geben. »Ich möchte niemanden aus meinem Jahrgang. Das macht Trennungen nur noch komplizierter.«

»Pfft. Okay.« Sie rückt von Three ab und verschränkt die Arme.

Three wirft mir einen flehenden Blick zu. Er hasst es, wenn sie sauer ist. Seufzend frage ich: »Was machen wir denn heute Abend?«

Schon ist Bailey wieder munter. »Treffen wir uns doch um neun bei Rinaldis zum Eisessen.«

»Okay.«

»Ich hab noch zu tun«, sagt Reed.

Noch zu tun, ja, sicher. Der fährt bestimmt zu den Docks, um zu kämpfen.

»Also, ich bin dabei«, versichere ich Bailey, bevor ich noch so einen jämmerlichen Blick von Three kassiere.

Bailey kramt ihr Handy raus und fängt an, Nachrichten zu schreiben. »Irgendwelche besonderen Wünsche? Emilia? Sasha? Jeannette?«

»Ist Jeannette nicht mit Dan Graber zusammen?«, fragt Three. »Ich hab die beiden bei Conner Mills Party letzte Woche knutschen sehen.«

»Im Ernst? Das wusste ich nicht.« Sie notiert das in ihrem Handy. »Wie wär's mit einer der Montgomerys?«

»Einer der Montgomerys? Ich dachte, da gibt es nur Shea – und zu der: nein danke!« Es schüttelt mich.

»Was hast du gegen Shea?«, will Bailey wissen.

»Sie gehört in den Dunstkreis von Jordan Carrington. Da hacke ich mir lieber den Schwanz ab, als mit irgendwem aus ihrer Gefolgschaft was anzufangen.«

»War mir gar nicht bewusst, dass du so über Jordan denkst. Also, ich halte sie für eine absolut falsche Schlange, aber ich dachte immer, ihr Kerle habt nur Augen für ihre perfekten Titten und den prallen Hintern.«

»He, Moment mal«, protestiert Three. »Ich hab dir doch erzählt, dass sie mich beim Sport angegrapscht hat. Ich hab davon immer noch ein Trauma.«

Three ist eins fünfundneunzig und gebaut wie ein Schrank. Dass er sich angeblich vor der winzigen Jordan Carrington fürchtet, ist ein Witz. Er geht kommendes Jahr mit einem Vollstipendium an die *Louisville*. Selbstverständlich ist auch Bailey dort eingeschrieben. Damit all ihre Arbeit nicht umsonst war.

»Deshalb hast du ja mich, Baby.« Sie klopft ihm auf die Schulter. »Zurück zu heute Abend. Ja oder nein zu den Montgomerys?«

»Ach, mach doch. Mir egal.« Bin ja nicht verpflichtet, mit irgendeiner davon zu pennen. »Lad ein, wen immer du –«

Und da sehe ich sie.

Zweites Kapitel

SAVANNAH

Drei Jahre zuvor

Als der Range Rover auf den Schulparkplatz einbiegt, kralle ich meiner Schwester die Fingernägel in den Arm.

»Aua, du tust mir weh!«, klagt sie und reißt sich los.

Fast falle ich hin. Eilig richte ich mich wieder ganz gerade auf. »Er kommt«, zische ich und streiche mir die Haare glatt.

Shea schlägt meine Hand weg. »Was habe ich dir heute Morgen gesagt? Bleib cool. Gideon Royal schmeißen sich den lieben langen Tag lang Hunderte von Mädels an den Hals. Wenn du dich von der Masse abheben willst, musst du so tun, als gäbe es ihn gar nicht. Sonst gehörst du sofort zu denen, die nach jedem Krümel betteln.« Sie seufzt. »Himmel, ist das peinlich!«

»Dann geh doch«, erwidere ich, ohne dabei die Lippen zu bewegen. Dass sie hier neben mir steht und mich kritisiert, ist meinem eh schon schwachen Selbstbewusstsein nicht gerade zuträglich.

»Ich kann dich doch nicht allein lassen. Ich hab einen Ruf zu verlieren, da gehe ich lieber auf Nummer sicher mit dir.« Sie hakt sich bei mir unter. »Und jetzt lächle, damit alle glauben, die Montgomerys mögen einander.«

»Wir mögen uns doch, du Witzbold. Außerdem will ich gar nicht vor die Kameras«, betone ich, um sie noch einmal an mein Vorhaben zu erinnern, Regisseurin und Drehbuchschreiberin zu werden.

»Auch egal.« Trotzdem drängt sie sich näher an mich, und diese unausgesprochene Ermutigung lässt meine Unruhe auf ein erträgliches Maß sinken.

Gideon sitzt am Steuer, wie gewöhnlich. Reed ist heute bei ihm, die beiden auf der Rückbank kenne ich nicht.

»Wer sitzt da noch im Wagen?«, frage ich.

»Three und seine Freundin Bailey«, presst Shea durch ein falsches Lächeln hervor, das sie einer Gruppe von Mädels links von uns zuwirft, während sie ihnen winkt. Sie kommen näher, tauschen Küsschen in der Luft und deuten Umarmungen an, damit sie sich bloß nicht zu nahe kommen und ihr Make-up oder die sorgfältig ausgewählten Klamotten darunter leiden.

Heute kann ich das sogar verstehen, schließlich habe ich selbst eine Stunde damit verbracht, ungefähr tausend Lagen davon aufzutragen. Allein auf meinen Lippen befinden sich drei verschiedene Farben. Farbverläufe sind in, hat Shea gesagt. Ich habe bestimmt fünf Stunden lang vor ein und demselben YouTube-Video gesessen, um diesen Effekt hinzukriegen. Unsicher presse ich die Lippen aufeinander, wofür ich einen Stupser in die Seite kassiere.

»Denk an deinen Lippenstift«, flüstert meine Schwester.

Also öffne ich den Mund.

»Jetzt siehst du aus wie ein Fisch.«

Ich schließe ihn wieder. Fest.

Shea seufzt. »So wird das nie was. Ach, verdammt.«

»Was ist?« Erschrocken schaue ich an mir hinunter. Ist irgendwo ein Fleck? Sind meine Kniestrümpfe gerutscht?

»Kleiner Fisch nähert sich von rechts. Lächeln!«, befiehlt sie mir. »Morgen, Jo! Tali!«

»Shea!« Zwei Mädels kommen heran, ihre High Heels klappern auf dem Gehweg.

»Jo! Was für ein schöner Mantel! Ist der von ... J. Crew?«, fragt Shea, ihr falsches Lächeln bis zum Anschlag aufgedreht.

Tali und mir bleibt der Mund offen stehen bei dieser Beleidigung.

Jos Augenbrauen ziehen sich zusammen. »Hast du zu viel Zeit mit dem Pöbel verbracht, dass du die guten Labels nicht mehr erkennst? Der ist von Fendi!« Sie greift nach Talis Hand. »Komm, ich geh nicht gern so nah an die Mülleimer ran.«

Jo stampft davon und zerrt Tali hinter sich her.

»Was sollte das denn?«, frage ich. Das kleine Gefecht war vorbei, bevor es überhaupt richtig angefangen hatte. Und ich kann nicht sagen, wer gewonnen hat.

»Achtung. Zielobjekt nähert sich«, antwortet Shea. »Und was das sollte? Ganz einfach, ich wollte die Konkurrenz loswerden. Jo will Gideon an die Wäsche, seit sie weiß, was ein Penis ist.«

»Oh. Ja, dann ... danke?« Dann war meine Schwester wohl siegreich. Was für ein sonderbarer Schlagabtausch.

Sie schnaubt leise. »Wenn du den großen Fisch angeln willst, musst du die anderen Köder loswerden.« Sie winkt Gideon zu. »Morgen –«

Aber ein anderes Mädchen ist bei den Royals, bevor Shea Gideons Aufmerksamkeit auf uns lenken kann.

»Oh nein. Nicht die«, murmelt sie voller Verachtung.

›Nicht die‹ ist Jordan Carrington. Wenn es in der *Astor Park* – oder wie ich gern sage, *Arschloch Park* – von Gefahren nur so wimmelt, dann ist Jordan sicher das Schlimmste, was einem passieren kann. Shea hat mir erzählt, dass Jordan am zweiten Schultag einen Streit mit einer der beliebtesten Schülerinnen aus der Abschlussklasse angefangen hat, Heather Lange. Die beiden nahmen kein Blatt vor den Mund und warfen sich Dinge an den Kopf, die mich zusammenzucken ließen, obwohl ich gar nicht dabei war.

Heather Lange verließ *Astor* nach Thanksgiving und kam nie wieder zurück. Ich glaube, ihr Dad hat seinen Job verloren und konnte das Schulgeld nicht mehr aufbringen. Heathers Verschwinden hatte ich nicht mit Jordan in Verbindung gebracht, bis mein Vater mir und Shea einen sonderbaren Vortrag hielt, dass wir nett zu Jordan Carrington zu sein hätten.

Warum?, habe ich gefragt.

Weil sie eine rachsüchtige Rotznase ist und ihren Vater um den kleinen Finger gewickelt hat.

Seither hält Shea sich zurück und tut so, als könne Jordan über Wasser gehen. Fiese Bemerkungen über Jordans Kleidung, Handtaschen oder Schuhe werden nicht gerissen. Genauso wenig wird der Angriff dieses Piranhas auf die Royals unterbrochen.

»Guten Morgen, Gid, Reed«, flötet sie.

»Was für eine Schlampe.« Shea greift nach meinem Arm und will mich davonziehen. »Los, gehen wir.«

Ich stemme die Füße in den Boden. »Nein. Warum?«

»Weil es keinen Zweck hat, Jordan herauszufordern. Warten wir ab, für welchen Royal sie sich entscheidet.«

»Nein.« Ich winde mich aus ihrem Griff. »Ich will nicht irgendeinen Royal. Ich will Gideon.«

Shea tritt näher an mich. »Das hier ist kein Wunschkonzert. Du kannst dich nicht einfach hinstellen und dir einen aussuchen.«

Ich starre sie an. »Aber ist das nicht genau das, was Jordan macht? Sich den Royal aussuchen, den sie will.«

»Du bist aber nicht Jordan.«

»Da hast du absolut recht, aber ich bin nicht um fünf aufgestanden, um mir zwei Stunden lang die Haare zu glätten und Make-up aufzutragen, nur um aufzugeben, bevor ich überhaupt eine Chance hatte, mich vorzustellen.« Ich verschränke die Arme vor der Brust.

Shea seufzt schwer. »Mach, was du willst. Aber wenn Jordan dich dann auf dem Kieker hat, kenn ich dich nicht mehr.« Dann nimmt sie das Kinn hoch, zupft den Saum ihres Blazers zurecht und kleistert sich das schönste Lächeln ins Gesicht.

»Du siehst aus, als würdest du beim Miss Bayview-Schönheitswettbewerb antreten.«

»Halt die Klappe und fang an zu lächeln, du Dummi«, sagt sie, ohne die Lippen zu bewegen. »Sie kommen auf uns zu.«

Ich fahre herum und falle fast hin. Sie hat recht. Gideon ist nur noch wenige Meter entfernt. Nah genug, dass ich erkennen kann, wie gut das T-Shirt sitzt, das er unter dem offenen Hemd und dem Blazer trägt.

Three sagt gerade etwas zu ihm, über das er sich amüsiert. Ein Mundwinkel ist angehoben. Bailey haut ihrem Freund gegen den Arm. Gideon versucht, sein Lachen zu verstecken, indem er sich eine Hand über den Mund legt, aber Bailey hört ihn kichern und haut auch ihn leicht. Gideon schnappt nach ihr und klemmt sie sich unter den Arm.

»Gott, hat die es gut«, seufze ich.

»Oh ja«, stimmt Shea zu.

Wir beobachten, wie Three seine Bailey aus Gideons Umklammerung ringt und etwas in gespielter Wut sagt, woraufhin Gideon beschwichtigend die Hände in die Luft reißt. Die ganze Zeit geht Jordan neben ihnen her, und nur Reed beachtet sie.

Vielleicht ist Jordan also doch gar keine ernst zu nehmende Konkurrenz. Gid zeigt nicht das leiseste Interesse an ihr. Himmel, er sieht so unglaublich gut aus. Die Sonnenstrahlen scheinen ihn zu begleiten und schaffen den prächtigsten herbstlichen Hintergrund für seinen perfekten Körper. Ich könnte ihn ewig ansehen –

Jemand tritt in mein Sichtfeld.

»He, Shea«, sagt dieser Jemand. »Wer ist denn das?«

Ich versuche, an ihm vorbeizuschauen, aber auch er bewegt sich. Mit gerunzelter Stirn blicke ich auf und in die Gesichter von Zwölftklässler Aiden Crowley und seiner beiden Handlanger Dumm und Dümmer.

»Meine Schwester.« Shea wirft sich das Haar über die Schulter. »Savannah, das ist Aiden Crowley.«

»Ich weiß. Schön, dich kennenzulernen.« Ich strecke ihm die Hand entgegen, während ich Gideon weiter im Blick zu behalten versuche. Verdammt, der wird an uns vorbeilaufen wegen diesem bescheuerten Aiden.

Deshalb bekomme ich fast nicht mit, dass Aiden meine Hand nimmt und näher tritt. »Wow. Die kleine Savannah Montgomery ist erwachsen geworden. Ich könnte schwören, als ich dich das letzte Mal sah, hattest du ’ne feste Spange, und … irgendwie waren deine Haare anders.«

»Unglaublich, was ein Glätteisen und Make-up bewirken können.« Die so süßlich anmutende, aber gleichzeitig so giftige Stimme gehört Jordan.

Ich erstarre, als sie vor uns stehen bleibt. Sie grinst mich furchteinflößend an, was ich ertrage, weil auch Gideon stehen geblieben ist.

»Schade, dass du förmlich nach zehnter Klasse stinkst«, fährt sie fort. »Gibt halt manches, was selbst gutes Parfum einfach nicht übertünchen kann.«

»So ging es doch jedem von uns mal«, wirft Bailey ein.

»Nur Jordan hat natürlich immer schon nach Rosen geduftet, stimmt's?«, säuselt Aiden.

»*Schwachsinn*«, hustet Gideon in seine geschlossene Faust.

Jordan wirft Gideon einen stechenden Blick zu und hakt sich dann bei Aiden unter. »Wenn du das sagst, Addy.«

Addy? Ich hebe eine Augenbraue Richtung Shea, wofür ich erneut einen Ellbogen in die Seite kassiere. Verdammt. Wie soll ich denn bitte aufrecht stehen bleiben, wenn sie damit nicht aufhört? Ich schiebe sie sanft ein Stückchen beiseite, so sanft, dass es nicht auffällt.

Dann höre ich ein leises Schnauben. Ich schaue auf und sehe, dass Gideon uns anlächelt.

»Man merkt, dass ihr verwandt seid«, sagt er. »Ganz wie meine Brüder und ich.«

»Ja, man kann nicht mit ihnen, und – wie meine Mom immer sagt – umbringen kann man sie auch nicht.« Ich greife rüber und wuschle Shea durchs Haar.

»Hör auf!« Sie schlägt meine Hand weg und ermordet mich mit Blicken.

»Geschwister. Sind sie nicht großartig?« Gideon zwinkert mir zu.

Mein Herz explodiert. »G-g-großartig«, stammle ich.

Shea stöhnt, während alle anderen grinsen. Alle außer Jordan.

Die verdreht nur die Augen und hakt sich mit dem anderen Arm bei Gideon unter. »Kommt, Jungs«, sagt sie und führt die Gruppe von uns weg. »Ich plane eine Party und wollte euch fragen, ob ihr mir sagen könnt, wie viel Alkohol ich besorgen muss. Hab ich euch schon erzählt, dass mein Dad mit Kendrick Lamars Agent zusammenarbeitet? Vielleicht sollten wir fragen, ob er nicht bei unserem Herbstball auftreten will.«

Gideon wird hellhörig. »Kendrick Lamar? Das wäre genial, Jordan.«

»Finde ich auch. Seine Musik ist echt interessant.« Der Rest der Unterhaltung ist zu leise, als dass Shea und ich noch etwas verstehen könnten.

»Kennt sie wirklich Kendrick Lamar?«, frage ich laut.

»Vielleicht? Wer weiß.« Shea dreht sich zu mir und rückt meinen Kragen zurecht. »Du hast dich gut gehalten bis auf das am Schluss. Gib dir bitte Mühe, in Gideons Gegenwart in ganzen Sätzen zu sprechen. Niemand will mit einem Idioten zusammen sein.«

Meine Wangen laufen rot an. »Vielen Dank, Shea.«

Sie geht über diesen sarkastischen Kommentar hinweg und tätschelt mir das Gesicht. »Gern geschehen. Komm, gehen wir rein.«

Also folgen wir langsam Jordan und den Royals. Am Fuß der Treppe finden wir Jordan allein vor, die eifrig etwas in ihr Handy tippt.

Ich will einfach kommentarlos an ihr vorbeigehen. Gibt ja keinen Grund, die Bestie zu wecken, aber Shea bleibt stehen.

»Hey, Jordan.«

Jordan hebt leicht den Kopf, nicht so hoch, dass sie uns ansehen kann, aber hoch genug, unsere Anwesenheit zu würdigen.

»Shea, sag deiner Schwester, sie soll ihre Zunge mal wieder einrollen. Sie hat ja Giddys Schuhe komplett vollgesabbert.«

»Ich richte es ihr aus«, erwidert Shea trocken und zieht

mich dann weiter, bevor ich mit irgendetwas herausplatzen kann.

»Giddy?«, frage ich ungläubig, sobald sich die Eingangstüren hinter uns geschlossen haben.

»Perfektes Brechmittel«, stimmt Shea zu. »Aber es ist nun mal, wie es ist. Jordan steht an der Spitze. Stell dich bloß nicht gegen sie, sonst hat das schreckliche Folgen für dich.«

Arschloch Park lässt sich also ziemlich genau wie der Albtraum an, für den ich die Schule gehalten habe. Ich fahre mir mit der Hand über die makellos sitzende Schuluniform.

Diese Schule lebt von den wenigen Hundert Kindern aus den besten Häusern. Und mit ›besten‹ meine ich die mit Geld. Und trotzdem gibt es eine Hierarchie. Die Struktur gibt das sogenannte Alte Geld vor, über dessen Herkunft niemand so recht nachdenken möchte. Aber auch das Neue Geld mischt mit, dessen Herkunft oft ähnlich schmuddelig ist. Außerdem gibt es noch die Schüler mit Stipendien, die versuchen, in eine reiche Familie einzuheiraten, damit sie ihr eigenes, dreckiges Geschlecht aufbauen können. Im Grunde genommen ist jeder einfach nur hinter dem Mittagessen des anderen her.

So war das schon in der Middle School. Ich vermute mal, da ist jemandem aufgefallen, dass wir uns voneinander abgrenzen können, indem man vergleicht, wessen Stammbaum am weitesten bis zur Mayflower zurückreicht.

Der Reichtum unserer Familie basiert auf dem sogenannten Neuen Geld, das aus der Fertigung stammt, im Gegensatz zu dem der Royals, die mit Ländereien reich geworden sind. Es gibt nicht mehr viele Familien des alten Schlags – zumindest nicht mehr viele, die noch über Geld verfügen. Ich glaube, dass sich deshalb so viele für die fünf

Royal-Brüder interessieren. Es wäre eine gute Gelegenheit, den eigenen Stammbaum aufzupolieren.

Aber ich bin nicht deshalb in Gideon verliebt. Auch nicht, weil er so sagenhaft aussieht. Wobei sein großer, muskulöser Körper und die dunklen Haare auch nicht unbedingt abturnen.

Sondern weil Gideon Royal – trotz seiner oft beschworenen Kühle – nett zu mir war, als ich es dringend nötig hatte. Diesen Moment werde ich nie vergessen. Damals hat er mir das Herz geraubt, und er wird es immer behalten.

Jetzt bleibt mir ein Jahr, um herauszufinden, wie ich seins gewinnen kann.

Drittes Kapitel

GIDEON

Heute

Eins nach dem anderen erlöschen die Lichter im Verbindungshaus, wie einzelne Kerzen, die ausgepustet werden. Ich hebe die Bierdose an die Lippen. Savannah ist in einem der Zimmer, zieht ihr Top aus, putzt sich die Zähne, klettert ins Bett. Sie hat immer Shorts und ein Tanktop zum Schlafen getragen. Als wir zusammen waren, hat sie mit einer Selbstverständlichkeit meine Klamotten genommen, als gehörten sie ihr.

Ich frage mich, was sie wohl gerade trägt. In wessen Klamotten sie jetzt schläft. Ich frage mich, wie viele andere Männer ihre geröteten Wangen und ihre nackten Schultern gesehen haben. Wie viele mit dem Finger über die Haut gerade oberhalb des Hosenbundes gefahren sind und gespürt haben, welches Echo die Berührung in ihr auslöst.

Alu knistert laut, als ich die Dose allmählich zerdrücke.

»Das ist wirklich mal ein schickes Gespenst«, sagt Cal, der auf der Bordsteinkante hinter mir sitzt.

Ich lockere den Griff um die Bierdose und hocke mich zu ihm. »Das schickste.«

Savannah ist mir gleich am ersten Schultag aufgefallen. Dabei war es nicht ihr Aussehen, das meine Aufmerksamkeit erregte. Es war die unverhohlene Begeisterung, die in ihren Augen lag. Für sie war jeder Tag ein aufregendes Abenteuer. Bis ich sie zerstört habe.

»Hat sie dich sitzen lassen?«

»So was in der Art.«

Er summt verständnisvoll. »Muss eine schlimme Trennung gewesen sein. Hast du deshalb noch niemanden abgeschleppt, seit du hier bist?«

Das ist einer der Gründe. Darüber hinaus hasse ich Sex mittlerweile, aber das ist eine Sache, auf die ich nicht näher eingehen will. Nicht mal gegenüber Cal. Da ist es leichter, mein Desinteresse an den Mädels auf Liebeskummer zu schieben.

»Genau deshalb«, bestätige ich, greife nach einer weiteren Bierdose und trinke einen großen Schluck.

Er leert sein Bier und schnappt sich ebenfalls noch eine Dose aus dem Karton, den wir ein Stück die Straße rauf in einem Späti gekauft haben. »Man munkelt schon, du seist schwul.«

»Ich weiß.« Wer auf dem College ist und nicht permanent Mädels vögelt, ist schwul. So eingeschränkt denken die Leute. »Tut mir leid, dich da zu enttäuschen.«

»Ach was, mir war klar, dass das nicht stimmt. Du hast schließlich noch kein einziges Mal meinen geilen Hintern angeschaut!«

»Das wiederum ist nicht wahr.« Ich zähle die Fenster des Hauses und frage mich, hinter welchem davon Savannah pennt. »Dein Hintern ist mir definitiv aufgefallen, deine Pobacken sind nämlich unterschiedlich groß.«

»Niemals!«, ruft er und dreht sich um, damit er seine Backen prüfen kann.

Darüber muss ich lachen. »Du arbeitest mehr mit deinem linken Gluteus als mit dem rechten.«

»Das muss ich sehen.« Er steht auf und gibt mir sein Handy. »Mach mal ein Foto von mir.«

»Und mit ›von mir‹ meinst du deinen Hintern?«

Er streckt mir seinen Allerwertesten ins Gesicht. »Ja, genau.« Er tätschelt die linke Backe mit der einen Hand, während er mit der anderen seinen Pulli hochhält. »Unmöglich, dass meine Pobacken unterschiedlich groß sind.«

»Ich mach kein Foto von deinem Hintern, Cal.« Dann schiebe ich ihn weg. Er verwehrt mir die Sicht. Ein weiteres Licht wird gelöscht.

»Warum nicht? Ich muss das jetzt wissen«, beharrt er. »Sonst lässt mich das die ganze Nacht nicht los.«

»Deine Jeans verdeckt doch eh alles. Auf einem Foto wirst du da sowieso nichts erkennen.«

»Also gut.« Und schon löst er seinen Gürtel.

»Cal, verdammt! Was soll das?« Ich fasse nach seiner Hose und reiße sie wieder hoch. »Für den Quatsch ist ja wohl keiner von uns beiden betrunken genug.«

Gegenüber von uns öffnet sich die Haustür. Cal und ich erstarren. Jemand kommt heraus, und für einen Moment setzt meine Atmung aus. Doch dann macht das Mädel ein paar Schritte auf uns zu, und ich kann weiteratmen. Es ist nicht Savannah. Selbst im Dunkeln weiß ich, dass sie es nicht ist.

Wäre sie es, würde sich die Luft verändern. Meine Haut würde sich plötzlich zu eng anfühlen, und ich könnte kaum noch atmen. Die Sterne würden heller leuchten und der Nachthimmel weniger drückend wirken.

Nein, das ist nicht Savannah.

Sondern eine Mannschaftskollegin, Julie Kantor.

»Würdet ihr vielleicht dort unter die Straßenlaterne umsiedeln? Wir haben versucht, euren Spontanporno zu filmen, aber es ist einfach zu dunkel«, sagt sie im Näherkommen.

Cal winkt ihr mit der freien Hand zu, die andere umklammert noch immer den Bund seiner Hose. »Julie! Wir brauchen deine unvoreingenommene Meinung.« Er dreht sich um und wackelt mit dem Hintern. »Sind meine Pobacken unterschiedlich groß?«

Ich öffne ein Bier und reiche es ihr. »Wenn du nicht antwortest, lässt er die Hüllen fallen und will, dass du ein Foto machst.«

»Da werde ich ihn sicher nicht aufhalten«, sagt sie und deutet dann zu ihrem Verbindungshaus. »Aber wie schon angemerkt, geh unter die Laterne, damit meine Schwestern dich besser sehen können. Lohnt doch nicht, eine Show ohne echtes Publikum abzuziehen.«

»Im Ernst?« Cal wirkt kurz verwirrt.

Ich schüttle energisch den Kopf, aber er ist hin- und hergerissen. Julie hat gesagt, er soll seine Hose ausziehen, und für gewöhnlich macht er, was sie will, weil er in ihrer Nähe nicht mehr eigenständig denken kann. Wann die beiden wohl endlich zusammenkommen? Sie erinnern mich an Three und Bailey.

»Nicht nötig, Süßer«, seufzt sie, setzt sich zu mir auf die Bordsteinkante und klopft neben sich. »Dein Hintern ist völlig in Ordnung. Komm, hock dich her.«

Er zögert, aber lässt sich schon bald neben sie plumpsen, als wäre das nicht vorhersehbar gewesen.

»Unsere Leiterin wollte schon wegen eines vor dem Haus herumlungernden Fremden die Polizei rufen, aber ich habe ihr gesagt, dass du längst eine heftige und ungewöhnliche Strafe absitzt«, erklärt Julie mir.

»Ach ja?« Ich lehne mich zurück und versuche herauszufinden, ob einer der dunklen Schatten am Fenster vielleicht Sav gehören könnte. Verdammt, was mach ich denn erst, wenn sie wirklich nächstes Jahr hier aufs College geht? Wahrscheinlich schlage ich dann ein Zelt auf und lebe vor diesem Verbindungshaus.

»Du hockst seit einer halben Stunde mit Cal hier und stierst sehnsüchtig die Silhouette deiner Ex an.«

Ich mache mir nicht mal die Mühe, das abzustreiten. »Bisher habe ich nicht herausfinden können, in welchem Zimmer sie ist, also kann ich sie gar nicht angestiert haben. Da könntest du nun nachhelfen, indem du mir sagst, wo sie steckt.«

»Und warum sollte ich das? Willst du die Mauern des Schlosses überwinden und es mit dem Drachen aufnehmen?«

»Und wer ist in diesem Szenario der Drache? Die Leiterin des Delta-Hauses oder eure House Mom?«

»Weder noch.« Julie lacht und trinkt von dem Bier. »Das ist Savannah höchstselbst. Sie hat Feuer gespien, als ich das Haus verlassen hab.«

»Ach, wirklich? Das höre ich gern.« Mein Griff um die Bierdose lockert sich. Vielleicht auch das enge Band, das mir um den Brustkorb zu liegen schien.

»Du hörst es gern, dass deine Ex sauer ist?«, fragt Cal.

»Sav hat mir jetzt zwei Jahre lang die kalte Schulter gezeigt. Deshalb freut es mich zu hören, dass sie wütend ist. Weil das heißt, dass da noch Gefühle sind.«

»Aber so läuft das doch nicht«, protestiert mein Kumpel. »Du sollst sie doch glücklich machen, nicht wütend. Wer wütend auf einander ist, trennt sich und kommt nicht wieder zusammen. Meine Eltern hassen sich, deshalb haben sie sich scheiden lassen.« Er wendet sich an Julie. »Stimmt doch, oder?«

Die zuckt nur kurz mit der Schulter. »Wahrscheinlich. Entweder ist der gute alte Gid übergeschnappt, oder aber dem Mädel da drin, das über das verdammte, selbstgefällige Sackgesicht von Arschkrempe, das sich selbst den Schwanz lutscht, geschimpft hat, liegt wirklich noch etwas ihm.«

Die beiden Witzbolde wechseln einen Blick, sagen dann gleichzeitig »Nee« und fangen an zu lachen.

Als Cal sich wieder eingekriegt hat, sagt er: »Wär das nicht obergeil, wenn man sich wirklich selbst einen blasen könnte? Ich glaube, ich käme gar nicht mehr vor die Tür. Wär ich dann schwul? Oder fällt das unter Inzest?«

Sie verdreht die Augen, legt ihm aber einen Arm um die Schultern. »Das fällt unter Masturbation.«

»Oh, stimmt. Guter Einwand.«

Ich drücke die Stirn an meine Bierdose. Der Junge braucht definitiv eine, die auf ihn aufpasst.

»Das heißt, du und Savannah wart in der Highschool zusammen?«, fragt Julie.

»Yeah.«

»Du machst dir keine Vorstellung davon, wie viele Mädels da drin über diese Information erleichtert sein werden. Man munkelt schließlich, du wärst schwul. Wenn du wenigstens bi bist, dann haben sie zumindest eine Chance.«

Cal hebt die Hand.

Julie seufzt. »Ja, Cal?«

»Wenn er von einem Mädel nicht loskommt, wieso glauben die anderen dann, sie haben eine Chance?«

Das ist sogar eine richtig gute Frage. Ich lege den Kopf schief und betrachte Julie, während sie antwortet.

»Weil sie glauben, dass er, wenn er denn je von ihr loskommt, einen ziemlich guten Freund abgeben wird. Da drin wird eifrig geseufzt, weil du ja so romantisch bist und wohl der einzige Kerl, der weiß, wie man ein Mädchen liebt. Eine derartige verträumte Hingabe ist rar.«

»Wenn ihr alle glaubt, dass ich jemand bin, der weiß, wie man liebt, zweifle ich an eurer Fähigkeit, logisch zu denken. Denn wenn ich so gut darin wäre, würde ich dann hier draußen sitzen?« Ich deute auf den Bordstein.

»Unerwiderte Liebe ist am romantischsten«, verkündet Julie.

Cal und ich tauschen über sie hinweg einen verwirrten Blick.

»Es gibt nur eine, die mir beim Loskommen helfen könnte«, sage ich Julie.

»Ist es nicht Jahre her, seit ihr euch getrennt habt? Savannah hat gesagt –« Sie beißt sich auf die Lippe und schaut weg.

Ich greife nach ihrem Arm. »Was hat Sav gesagt?«

Sie schüttelt den Kopf. »Darf ich nicht verraten. Girl Code.«

»So ein Quark«, argumentiert Cal. »Wir sind im selben Team. Teamkameraden gehen vor.«

»Genau«, wiederhole ich. »Teamkameraden gehen vor. Weißt du noch, dass wir dir ganz am Anfang erlaubt haben, während des Freitagstrainings den Soundtrack von *Die kleine Meerjungfrau* zu hören?«

»Erinnere mich bloß nicht daran«, grummelt Cal. »Was für ein elendiger Ohrwurm.«

»Ich möchte bei den Meerjungfrauen sein«, singt Julie mit ausgestreckten Armen, »ich möchte sie sehen, ich möchte sie schwimmen sehen mit diesen –« Sie tippt sich an die Lippe, als hätte sie den Text vergessen. »Wie hießen sie noch mal? Ah, Flossen!«

Cal drückt ihr eine Hand auf den Mund, bevor sie weitersingen kann. »Wir haben nicht genug Bier, um die Nacht zu überstehen.« Dann wendet er sich an mich. »Schnell, sing etwas anderes.«

»Nein. Du schuldest mir was, Julie«, beharre ich. »Was hat Savannah gesagt?«

Seufzend gibt sie auf. »Dass ihr schon seit Jahren getrennt seid und jede, die Interesse an dir hat, dich haben kann.«

Das hat gesessen. Ich starre zurück zum Haus. Savannah hier zu sehen hat mich wachgerüttelt. Von allein wird sie nicht wieder auf mich zukommen, da muss ich schon selbst tätig werden. Solange sie einfach nur auf die *Astor Park Prep* ging und ich aufs College, konnte ich noch so tun, als wären wir gar nicht getrennt, als wäre es nur eine Frage der Zeit, bis sie sich ebenfalls hier einschreiben würde und wir nach dem College unser gemeinsames Leben starten könnten. Der heutige Abend hat mich mit ein paar harten Wahrheiten konfrontiert, die ich nicht sehen wollte. Sav ist wirklich umwerfend, es wird nicht mehr lange dauern, bis sie ihr Herz wiederfindet und es an jemand anderen verschenkt.

Was komplett falsch ist, denn ihr Herz gehört mir. Sie hat es mir geschenkt, als sie fünfzehn war, und ich habe es ihr nicht zurückgegeben. Das muss sie einfach wissen.

»Hol mal dein Handy raus und sag ihr, sie soll herkommen«, verlange ich.

Julie verdreht die Augen. »Und warum sollte ich das tun?«

»Weil du eine Romantikerin bist.«

»Bin ich doch gar nicht.«

»Julie, du erzählst uns doch ständig diese Geschichten. Zum Beispiel, dass du deine Socken nur in ganz bestimmten Paarungen in die Schublade stecken oder tragen kannst, weil sie genau so zueinandergehören und eine Fremdverpaarung das irdische Gleichgewicht ins Wanken brächte.«

»Willst du damit sagen, dass Savannah und du die einzig wahre und echte Paarung seid?«

Ich überkreuze den Zeige- mit dem Mittelfinger und halte ihr meine Hand so vors Gesicht. »Wir sind füreinander bestimmt, aber widrige Umstände haben sich zwischen uns gestellt. Und die Tatsache, dass sie sich bei allen zur Auswahl stehenden Colleges ausgerechnet meins anschaut, ist doch ein Wink des Schicksals. Willst du etwa wahrer Liebe im Weg stehen?«

Sie seufzt und kramt ihr Telefon hervor. »Was ich nicht alles für euch mache.« Sie drückt aufs Display. Mein Herz schlägt schneller. »Hey, Lou, würdest du die Eiserne Lady mal rausschicken? Gideon Royal hat gerade eine Verfügung erlassen.«

Ich stehe auf und halte auf die Haustüre zu. Schon wird sie geöffnet und ein Mädchen herausgeschoben. Eins der Mädels im Eingangsbereich macht eine scheuchende Geste und schließt die Tür dann direkt hinter Sav. Die wirft nur einen einzigen Blick auf mich, dreht sich um und trommelt gegen die Tür.

»Lasst mich rein!«, ruft sie. »Hier ist ein ganz ekliger Typ!«

Ich verschränke die Arme vor der Brust. »Verräterinnen. Ich an deiner Stelle würde mir ein anderes Verbindungshaus suchen.«

Sie ignoriert mich und hämmert weiter gegen die Tür. Zu meinem Glück reagiert niemand darauf. Ein paar Verbindungsschwestern linsen durchs Fenster. Ich winke ihnen freundlich zu, was Savannah mit einem angeekelten Grummeln kommentiert. Nach einer Minute vergeblichen Hämmerns dreht sie sich zu mir um. Ihr Blick sprüht Funken. Mein Puls beschleunigt und wird kräftiger. Sie sieht gerade echt heiß aus.

Ich strecke die Hand nach ihr aus, aber Sav schlägt sie weg.

Julie und Cal beobachten das Ganze von der anderen Straßenseite.

»Tritt ihm in die Eier!«, ruft Julie.

»Neeeeiiiin!«, brüllt Cal und versucht dann gleichzeitig, seine Eier zu schützen und eine Hand über Julies Mund zu legen.

»Wir können das hier machen oder irgendwo ohne Zuschauer.« Ich schaue demonstrativ auf die gegenüberliegende Straßenseite.

»Verdammte Deltas.« Sav tritt gegen das Metallgeländer an der Eingangstreppe. Wieder starrt sie mich an, aber sie weiß, dass sie nicht viele Möglichkeiten hat. »Wo genau?«

In meinem Zimmer? Auf einer abgelegenen Insel? Auf dem Mars? Irgendwo, wo es nur uns beide gibt? Darauf wird sie sich allerdings niemals einlassen.

»Dort ist das Bean Café.« Ich deute mit dem Kinn hinter sie. »Die haben rund um die Uhr geöffnet.« Sehe ich da Enttäuschung in ihren Augen? Ich hebe eine Augenbraue. »Wir können natürlich auch in mein Zimmer gehen.«

Sie schiebt die Hände in die Taschen ihres Kapuzenpullis. »Das Café klingt gut.«

Sav geht mit schnellen Schritten los. Dann habe ich mir das mit der Enttäuschung wohl eingebildet.

In wenigen Schritten hab ich sie eingeholt und greife nach ihrer Hand. »Das Bean Café liegt da«, sage ich und deute genau in die entgegengesetzte Richtung.

»Okay.« Sie löst sich aus meinem Griff und versucht, so viel Abstand wie möglich zwischen uns zu bringen, indem sie vom Bürgersteig auf die Wiese wechselt. Ich versenke meine Hände tief in den Taschen, damit ich dem Verlangen, sie zu berühren, nicht nachgebe.

»Wo warst du sonst noch so heute Abend?«, frage ich wie beiläufig. In allen Verbindungshäusern wird heute das Ende des Semesters gefeiert.

Sie rasselt ein paar runter, und ich kann nur immer finsterer gucken. Bei jeder dieser Partys waren Hunderte hungriger Typen.

»Auf ein paar davon war ich auch, hab dich aber nirgendwo gesehen.« Ehrlich gesagt hab ich eine groß angelegte Suchaktion nach ihr gestartet, war nacheinander auf allen Partys, ohne sie wiederzufinden, weshalb ich mich schlussendlich vor dem Haus niedergelassen hab, in dem sie angeblich übernachtete. Was sich als guter Plan erwies. Das werte ich mal als positives Zeichen.

»Ich bin nirgendwo lange geblieben.« Mehr sagt sie erst mal nicht, bis sie fragt: »Was hast du Julie erzählt, damit sie mich vor die Tür setzen?«

»Die Wahrheit.«

»Ach? Dass du mich betrogen hast? Dass du mich belogen hast? Dass du mich benutzt hast?«

»Dass du meine wahre Liebe bist.«

Abrupt bleibt sie stehen und fährt zu mir herum. Auch ich bleibe stehen. Ihre Hand saust vor und verpasst mir eine schallende Ohrfeige. Ich fasse mir an die sofort glühende Wange.

»Es tut mir nicht leid.« Sie schäumt vor Wut.

Ich fange an zu lächeln. Ganz klein, vorsichtig. Es tut weh, aber es ist das erste Mal seit Jahren, dass ich wieder etwas fühle. Mag sein, dass sie mich hasst, aber – verdammt – das heißt, dass die Liebe nur einen winzigen Schritt entfernt ist.

Ich reibe mir die Wange. »Schön, dass du wieder da bist, Baby.«

Viertes Kapitel

GIDEON

Drei Jahre zuvor

»Ich nehme alles zurück. Du solltest die Montgomerys definitiv einladen.« Ich schaue den Flur hinunter in der Hoffnung, noch einen weiteren Blick auf Savannah erhaschen zu können. Dabei kann sie gar nicht hier sein. Ich bin in der Zwölften, sie in der Zehnten. Die Schließfächer der Zehntklässler sind am anderen Ende des Schulgebäudes.

»Du hast doch gerade gesagt, du würdest mit niemandem aus Jordan Carringtons Gefolgschaft was anfangen«, erinnert Bailey mich.

»Will ich ja auch nicht.«

Verwirrt legt sie die Stirn in Falten. »Aber wieso –« Sie unterbricht sich selbst. »Du meinst Savannah? Ist die nicht ein bisschen jung für dich?«

»Die Jungen sind die Besten«, stellt Three fest, packt mich an den Schultern und schüttelt mich heftig. Er weiß echt nicht, wie stark er ist. »Die kann man noch formen. Ihnen sagen, dass man sie nur am Wochenende sehen will, und dann nur, wenn man nicht anderweitig verplant ist. Und das Kontaktieren während laufender Footballspiele ist verboten.«

Bailey bleibt stehen, verschränkt die Arme und tötet Three mit Blicken. Es dauert gefährlich lange, bis er kapiert, was er da gerade gesagt hat. Als es ihm klar wird und er sieht, wie angefressen seine Freundin reagiert, werden seine Augen fast belustigend groß.

Er reißt beide Hände hoch, was man als entschuldigende Geste oder eine der Dummheit verstehen könnte. In Threes Fall trifft wahrscheinlich beides zu.

»Das gilt doch nicht für dich, Babe. Ich liebe jede Sekunde mit dir«, verkündet er. Dann gräbt er sich ein noch tieferes Grab: »Ich steh doch auf erfahrene Mädchen.«

»Erfahren?«, kreischt sie. »Was willst du damit sagen, Hamilton Marshall III? Dass bei mir nicht mehr alles frisch ist?« Sie schlägt mit ihrer Handtasche nach ihm.

»Nein, nein, nein. Bei dir ist alles frisch. Superfrisch.«

Um uns herum wird erschrocken gekeucht. Bailey läuft puterrot an, und Three sieht aus, als würde er gern auf der Stelle tot umfallen. Ich lehne mich gemütlich an mein Schließfach und genieße amüsiert die Show.

Three stürzt sich auf Baileys Spind und gibt schnell ihren Code ein. Dann zieht er alle Bücher raus, die sie für die ersten Stunden braucht. »Warte, ich hab gleich alles, dann bring ich dich noch bis zum Klassenzimmer, Babe.«

Bailey will davon nichts wissen. Sie nimmt ihm die Bücher aus den Händen. »Grad ist ja nicht Wochenende, *Babe*, das heißt, wir müssen keine Zeit miteinander verbringen.« Dann zuckt sie kalt mit der Schulter und geht weg.

Three saust hinter ihr her. »Bailey. Es tut mir leid! Du weißt doch, dass ich dich liebe!«

Sie verschwindet im Klassenzimmer und lässt Three mit hängenden Schultern im Flur zurück.

Geknickt kommt er zu mir. »Gid«, klagt er. »Warum schlägst du mir nicht in die Fresse, wenn ich so einen Müll rede?«

»Weil mir dann die Hand wehtun würde.«

»Von einem Schlag?«

»Du redest doch den lieben langen Tag nichts als Müll.«

Three verzieht das Gesicht. Ich lege ihm den Arm um die Schultern und bringe ihn in unseren Kursraum. Die erste Stunde ist nur Stillarbeit angesagt, was gut ist, ich bin nämlich kein Morgenmensch.

»Mach dir keinen Kopf, Mann. In der Mittagspause sitzt sie wieder auf deinem Schoß.«

»Ich hab die zweite und dritte Stunde mit ihr zusammen«, stöhnt er. »Da wird sie mich die ganze Zeit über anstarren.«

»Besser anstarren als ignorieren.«

»Da hast du recht, ignorieren ist das Schlimmste!«, stimmt er mir zu. »Meinst du das wirklich ernst mit dieser Savannah? Mal ganz ohne Witz, sie *ist* wirklich jung, und wenn du dich für sie interessierst, machst du sie zur Zielscheibe.«

»Inwiefern?«

»Typen werden behaupten, dass sie schon längst was mit ihr hatten. Mädels werden eifersüchtig sein, dass sie deine Aufmerksamkeit kriegt. Du weißt doch, wie das hier läuft.« Er breitet die Arme aus. »Schlangen von rechts, Geier von links.«

»Wozu gehören wir?«

»Zu den Schlangen?«

»Mir wären die Geier lieber. Dann sind wir wenigstens in der Luft.«

»Siehst du, selbst du willst die Oberhand haben.«

Ich seufze. »Wann ist das mit den Mädels denn so kompliziert geworden?«

»Halte dich einfach an unseresgleichen«, rät er mir, während wir das Klassenzimmer betreten. »Gibt doch keinen Grund, eine arme Zehntklässlerin in die Arena zu zerren. Ganz besonders dann nicht, wenn es dir nicht ernst ist.«

Als wir drinnen sind, nicken wir ein paar Mitschülern zu und lassen dann unseren Krempel auf den Tisch in der Ecke fallen, an dem schon Dane Lovett herumlungert. Seine Bücher sind aufgeschlagen, aber er textet jemandem.

»Ich mach heute wohl eine Party. So 'ne Art Willkommen-zurück-erster-Tag-Party«, sagt er, ohne aufzuschauen.

»Wir haben schon Pläne, wollen zu Rinaldis«, erwidert Three.

»Wie langweilig«, kontert Dane.

»Wen lädst du denn ein?«, frage ich, bin in Gedanken schon wieder bei Savannah Montgomery. Ihre Rehaugen gehen mir nicht mehr aus dem Kopf. Keine Ahnung, ob mich schon einmal jemand mit so unverhohlener Begeisterung angesehen hat. Das war richtig ... bezaubernd.

»Die üblichen Verdächtigen.« Und schon rasselt er ein paar Namen runter.

»Du solltest die Montgomerys einladen.«

Three hebt die Augenbrauen, fragt mich so, ob ich das ernst meine. Ich kann nur mit den Schultern zucken. Ich weiß es nicht, aber ich möchte sie wiedersehen.

»Shea?« Dane nickt. »Schon passiert.« Er fängt an zu tippen und schaut dann verwundert zu mir auf. »Moment mal. Plural? Es gibt mehr als eine?«

»Ja, noch eine Schwester«, zwitschert Three.

Dane verzieht das Gesicht. »Ist die nicht noch in der Middle School?«

»Nein, sie ist heute den ersten Tag hier.«

Danes Miene hellt sich auf. »Oh, schön. Frischfleisch. Nichts dagegen.« Er streckt die Zunge raus und zwinkert.

Three macht mit dem Zeigefinger eine Schneidegeste vor seiner Kehle, aber Dane sieht es nicht. Er ist schon wieder mit Tippen beschäftigt.

»Ist das Beste, wenn sie noch so begierig sind«, fährt er fort. »Weil sie überhaupt keine Erwartungen haben, kann man alles mit ihnen machen.« Er schaut wieder zu mir auf. »Wie heißt die Schwester noch mal?«

Ich lege eine Hand über das Display. »Die ist nicht für dich.«

Dane erstarrt. »Wie bitte?«

Diesmal kann Three die Arme vor der Brust verschränken und mir amüsiert zugucken. Aber das ist mir egal. Meine Entscheidung ist gefallen. Mir ist es ernst genug, denn allein der Gedanke, dass Dane Savannah mit einer seiner dreckigen Hände berührt, gefällt mir gar nicht. Kein Stück.

»Die ist nicht für dich.« Ich nehme ihm das Handy aus der Hand und lege es auf den Tisch. »Such dir eine andere. Savannah Montgomery ist nicht mehr auf dem Markt.«

»Seit wann?«

»Seit diesem Moment.«

»Ach.« Ungläubig legt er den Kopf schief. »Warst du je mit einer zusammen, die jünger ist als du? Ich dachte, du stehst auf Collegemädels, weil die wissen, was sie tun, und die Gefahr, dass sie sich zu den fürchterlichsten Kletten entwickeln, viel geringer ist.«

Ich reibe mir mit dem Finger über die Nase. Das klingt wirklich nach mir.

Three schlägt gegen meine Stuhllehne. »Vor ungefähr einer halben Stunde meinte er noch, er wird dieses Jahr wie ein Mönch leben, nur damit niemand heulen muss, wenn er geht.«

Dane betrachtet mich einen Augenblick, greift dann aber wieder zu seinem Handy, weil er offensichtlich davon ausgeht, dass ich scherze. »Bist du heute dabei oder nicht?«

»Bin ich nicht.«

»Warum? Ich hab grad fünf Leuten geschrieben, dass du kommst.«

»Weil wir zu Rinaldis gehen«, erinnert ihn Three.

»Dann kommt halt danach. Die Party geht sicher sowieso erst dann richtig los.«

»Ich frag Bailey«, sagt Three.

»Fragst du sie auch, ob du aufs Klo darfst?«, murmelt Dane.

Ich fange Threes Arm ab, bevor er eine Delle in Danes Kopf macht. Unser Kumpel beschäftigt sich wieder eifrig mit dem Texten.

»Was hat diese Savannah denn an sich, was dir so gefällt?«, fragt er, während seine Finger über das Display fliegen. »Wenn sie Sheas Schwester ist, dann ist sie sicher ähnlich kalt und manipulativ.«

Ich strecke die Beine aus, falte die Hände hinterm Kopf, schließe die Augen und rufe mir Savannahs Gesicht ins Gedächtnis. Da war nichts Kaltes an ihr. Zumindest nicht, als sie mich ansah.

Vor Danes Haus parken so viele Autos, dass man fast nicht bis zur Tür durchkommt.

»Stell den Wagen doch einfach auf den Rasen«, grummelt Bailey. »Ich hab keinen Bock, weit zu laufen.« Sie steckt einen ihrer Füße zwischen den Vordersitzen durch.

»Ich trage Louboutins mit Zehn-Zentimeter-Absätzen. Da verkratzt nur die Sohle.«

»Ich trag dich, Babe«, schlägt Three vor.

Ich fädele den Range Rover die Auffahrt hinauf und parke dann wirklich auf dem Rasen. Sofort springt Three aus dem Wagen und rennt ums Auto herum zu Baileys Tür. Ich frage sie nicht, warum sie Schuhe trägt, in denen sie nicht laufen kann, die Antwort wird sowieso sein, weil sie Three gefallen. Die Antwort gibt sie schließlich, seit die beiden zusammen sind. Sie hat in der Beziehung zwar die Hosen an, aber auch nur, weil sie zu hundert Prozent dafür sorgt, ihn glücklich zu machen.

Er hebt sie aus dem Wagen, ihre Beine über dem einen, der Oberkörper über dem anderen Arm. »Babe! Du siehst so scharf aus, ich könnte dich auf der Stelle vernaschen.«

Er vergräbt die Nase an ihrem Halsansatz, woraufhin sie genüsslich quietscht. Das Geräusch versetzt mir einen sonderbaren Stich in die Brust. Ich schiebe die Fäuste in die Hosentaschen meiner Jeans und peile das Gartentor an. Der Herbst hat gerade erst angefangen, Danes Party wird sicher am Pool sein.

Und tatsächlich tummeln sich so um die hundert Leute im Garten. Ich schlage ein paarmal ein, klopfe auf den einen oder anderen Rücken oder Hintern und bewege mich so durch die Menge.

»Cola oder Sprite?« Dane hält mir zwei Flaschen hin.

Ich verziehe das Gesicht. »Kein Bier?«

»Heute gibt es nur Gemischtes, tut mir leid.«

»Dann Sprite.« Cola bedeutet nämlich Rum, und ich mag keine süßen Drinks. Ich reiche die Colaflasche an Bailey weiter, überfliege die Gesichter der Anwesenden, bis ich endlich das Mädchen entdecke, wegen dem ich gekommen bin. Sie hat mich noch nicht bemerkt, weil sie mit einem Typen spricht, den ich nicht kenne. Genau genommen stehen da mehrere Ärsche um sie herum.

Ich schaue Dane vorwurfsvoll an. »Hast du etwa mein Interesse an Savannah erwähnt?«

Er zuckt mit den Schultern. »Keine Ahnung. Vielleicht ist es mir rausgerutscht.«

»Vielleicht.« Klar. Arschloch.

»Ach, komm schon. Unser letztes Jahr wird doch langweilig wie sonst was. Da kann man doch ein bisschen für Unterhaltung sorgen.« Er legt mir den Arm um die Schultern.

»Du hast echt jämmerliche Hobbys, Dane.«

»Ich weiß. Und ich bin zu alt, daran noch was zu ändern.«

Ich winde mich aus seiner halben Umarmung und trete versehentlich auf ein paar Füße, während ich mir den Weg zu Savannah, Shea und der Schlange, Jordan, bahne. Bei ihnen sitzen noch ein paar andere Mädels, aber die Mühe, mir deren Namen zu merken, mache ich mir erst gar nicht.

Leighton Park hockt am unteren Ende der Liege, die Savannah und Shea sich teilen. Ich tippe ihm auf die Schulter. Er schaut zu mir hoch, einen Joint im Mundwinkel.

»Mach dich vom Acker«, fordere ich.

Er blinzelt ein paarmal und zieht dann an seiner Tüte. »Mir gefällt es hier aber.« Er klopft auf ein Kissen, seine Hand kommt Savannahs Hintern dabei gefährlich nah. »Die Aussicht ist so schön.«

Ich beiße die Zähne zusammen.

Ich spüre die Blicke meines halben Jahrgangs im Nacken. Die wollen also was zu sehen bekommen? Wieso sollte ich ihnen das abschlagen?

Ich nehme Leighton den Joint aus dem Mund und werfe ihn in den Pool. Das reicht, um ihn zum Aufstehen zu bringen.

»Du Arschkrempe!«, schreit er und springt dann, wie ein Vollidiot, hinter seinem Joint her.

»Wie zu ist der denn?«, frage ich die Mädels.

Sie zucken alle mit den Schultern, nur Savannah sagt: »Den hat er gerade erst angemacht.«

Ich gebe Dane ein Zeichen, dass er herkommen soll. »Gibst du ihm den zurück, wenn er denn irgendwann wieder aus dem Wasser steigt?«

Ich reiche ihm den noch brennenden Joint, den ich nur scheinbar ins Wasser geworfen habe. Dann setze ich mich auf den Platz, den Leighton gerade freigegeben hat.

Die Mädels betrachten mich misstrauisch. Wieder hat nur Savannah die Eier – äh, nein, die Eierstöcke –, etwas zu sagen.

»Du wolltest nur Leightons Platz? Ich wäre doch ein Stück gerückt.«

Shea schlägt sich die Hand vors Gesicht, während Jordan höhnisch grinst. »Und genau deshalb hat die Unterklasse bei uns nichts verloren. Ihr seid einfach zu blöd zum Leben.«

Beschämt lässt Savannah den Kopf hängen. Himmel, Jordan ist echt eine Giftschlange.

Gerade als ich nach Savannahs Hand greifen und sie mit mir mitziehen will, fällt mir wieder ein, was Three gesagt hat. Dass ich Savannah zur Zielscheibe mache, wenn ich nur sie beachte. Er hat recht. Als wir ankamen, wurde sie schon von sämtlichen Typen belagert, und Jordan gräbt schon eifrig an der Grube, in die sie Savannah stoßen will.

Es liegt nicht in meiner Natur zurückzustecken. Ich bin Gideon Royal, Erbe eines unvorstellbaren Vermögens. Ich bin es gewöhnt, zu kriegen, was ich will, wann ich es will.

Aber vielleicht sollte ich dieses eine Mal vorher um Erlaubnis fragen. Obwohl sie noch so jung ist, kennt sich

Savannah in diesen Kreisen aus, schließlich ist sie hier aufgewachsen. Entweder ist man Jäger oder Gejagte, das muss sie wissen. Deshalb überlasse ich ihr die Entscheidung.

Mit einem Lächeln strecke ich ihr die flache Hand entgegen. »Ich war lange genug hier. Hast du Bock auf ’ne Spritztour?«

Fünftes Kapitel

SAVANNAH

Heute

»Hast du seine Hand genommen?«, fragt Kira, die an ihrem Tisch sitzt und sich Nachtcreme auf dem Gesicht verteilt. Die Hasenöhrchen an ihrem Stirnband wippen, während sie spricht, worüber ich kurz lächeln muss.

»Natürlich hat sie das. Würde sie weinen, wenn sie abgelehnt hätte?« Jisoo holt sich einen Finger voll Creme aus der Dose, bevor sie sie mir zuwirft.

Ich fange sie mit einer Hand auf, während ich mir mit der Rückseite der anderen über die Wangen reibe. Jisoo hat gesagt, ich würde weinen, aber wirklich bewusst wird es mir erst, als ich sehe, dass meine Hand feucht ist.

»Ich habe seine Hand genommen«, bestätige ich. Schnell schraube ich die Dose auf und schmiere mir eine dicke Schicht auf das fleckige Gesicht. Wie ich es hasse, dass er mir immer noch nicht egal ist.

Nachdem ich Gideon eine verpasst habe und weggelaufen bin, haben mich zwei meiner zukünftigen Wohnheimschwestern an der Tür erwartet. Ein Blick in mein vielsagendes Gesicht reichte, um mich sofort ins zweite Stockwerk zu schleppen.

Kaum oben, schenkte Kira drei Gläser Wein ein, Jisoo holte ein Wellness-Paket hervor, und dann löcherten die beiden mich so lange mit Fragen, bis ich zu reden anfing. Jisoo meint, beichten ist gut für die Seele. Vielleicht hat sie recht. Mir geht es schon besser als in dem Moment, in dem ich ihn auf der Party entdeckte.

»Wenn ihr noch mal von vorn anfangen könntet, würdest du's wieder tun?«, fragt Jisoo.

Ich hole tief Luft, um den Eindruck zu erwecken, als hätte ich Gideon Royal jetzt für immer genug beweint.

»Du bist echt dreist.«

»Den Mutigen gehört die Welt«, scherzt er.

Ich kralle die Finger in die Handflächen. »Sind meine Gefühle ein Spielball für dich? Bist du zu einem riesigen Arsch verkommen, dass sich daran aufgeilt, mir das Leben schwer zu machen?«

Er hebt die Hand, als wollte er mir Haare aus dem Gesicht streichen, aber ich mache schnell einen Schritt zurück. »Nein, absolut nicht. Immer, wenn du traurig warst, war ich auch traurig. Immer, wenn du geweint hast, hab ich auch geweint. Es wurde so schlimm, dass ich es nicht mehr ausgehalten und komplett zugemacht habe. Ganz wie du.«

»Stilisier dich hier nicht zum Opfer, Gideon. Es ging nie um mich. Deine Gefühle kamen immer zuerst. Das Problem von euch Royals ist, dass ihr glaubt, euer Schmerz, euer Verlust, euer Trauma ist so viel schlimmer als das vom Rest der Welt. Als könnte sich niemand auch nur vorstellen, wie es ist, einer von euch zu sein.« Angewidert schließe ich die Augen. »Wenn du nur eine Minute lang aufhören würdest zu glauben, dass sich die Welt nur um dich dreht, würdest du dich vielleicht auch anders verhalten.«

»Ich denke immer nur an dich. Jede Minute, jeden Tag. Jede ver-

dammte Minute an jedem gottverdammten Tag. Was muss ich tun, damit du mir vergibst?«

»Nichts.« Alles. »Ich will dich nicht mehr. Ja, ich bin noch immer wütend. Ja, ich bin noch immer verletzt. Deshalb will ich trotzdem nicht wieder mit dir zusammen sein. Ich bin nicht mehr das dumme Ding, das sich vor drei Jahren in dich verliebt hat. Warte nicht auf sie, denn die kommt nicht zurück.«

Er schüttelt den Kopf. »Nein, sie ist nie gegangen. Sie ist noch immer da. Ich war es, der gegangen ist. Das weiß ich. Ich habe uns beiden ziemlich viel Leid verursacht, aber davon hab ich jetzt genug. Ich habe keine Lust mehr wegzurennen.«

»Aber offenbar hast du weiter Lust dazu, mich zu verletzen«, sage ich nachtragend.

»Warum bist du dann hier?«

»Das war doch schon immer mein Plan, Gid. Und das weißt du. Wir haben uns oft genug darüber unterhalten, dass dieses College das beste Angebot im Bereich Theater und Film hat. Und ich werde mich nicht von einer solchen Nichtigkeit wie einem Exfreund davon abhalten lassen, mir meinen Traum zu erfüllen.«

Er nickt. »Gut, okay. Dann sehen wir uns.«

Er schiebt sich die Hände in die Hosentaschen und wendet sich ab, um zu gehen.

»Das war's?«, frage ich ungläubig. »Dafür haben mich meine zukünftigen Hausschwestern vor die Tür gesetzt? Damit du mich auf dem Bürgersteig stehen lassen kannst?«

»Das nennt sich strategischer Rückzug. Außerdem hasst du mich, dachte ich?« Er winkt einmal. »Wir sehen uns, Savage.«

Mein Spitzname aus seinem Mund füllt mein Herz mit bescheuerter Sehnsucht. Meine Handfläche juckt, nicht, weil ich mir wehgetan habe, sondern weil ich ihn liebend gern wieder und wieder damit schlagen würde.

»Ich wünschte, ich könnte wahrheitsgemäß antworten, dass ich ihm widerstehen würde, aber das glaube ich selbst nicht. Guckt mich doch nur an. Ich bin mit ihm mitgegangen. Ich hab ihn wieder an mich rangelassen.« Ich werfe mich rücklings aufs Bett.

»Ach, komm. Wir alle haben jemanden, für den wir uns zum Affen machen«, sagt Kira.

Jisoo nickt zustimmend. »In meinem allerersten Semester hier war ich total in einen Typen aus meinem Literaturkurs verschossen. Er hatte lange Haare und die grünsten Augen, die du dir vorstellen kannst. Als ich dann auch noch herausfand, dass er in einer Band spielt, habe ich Kira bekniet, mich in die Stadt zu ihrem Proberaum zu fahren. Reingegangen bin ich nicht. Ich hab nur im Auto gesessen und wie ein Stalker Handyfotos von ihm gemacht.«

»Ich bin dem Flag-Football-Team der Sigmas beigetreten, weil ich einen Typen so toll fand. Und dabei hasse ich Sport«, ergänzt Kira.

»Das tröstet mich ein bisschen«, gebe ich widerwillig zu.

»Waren die Mädels deiner Highschool gemein zu dir?«, fragt Kira und setzt sich zu mir aufs Bett.

»Ein paar. Viele waren supereifersüchtig. Haben mir Müll ins Schließfach gesteckt. Andere, die sich bei Gideon einschleimen wollten, haben dann wieder aufgeräumt. Es war nicht leicht, wahre Freunde zu finden, weil ich nie wusste, wer mich mochte und wer mich hasste. Aber so schlimm war das auch nicht, schließlich hatte ich ja ihn. Für eine Weile waren wir richtig, richtig glücklich.«

Jisoo hört auf, an ihrem Gesicht herumzureiben. »Wann ging es denn in die Hose?«

»Nach dem Tod seiner Mutter.«

Drei Jahre zuvor

Ich betrachte Gideons nachdenkliches Gesicht. Er schaut seit geschlagenen zehn Minuten aus dem Fenster. Ich habe ihn schon ein paarmal angesprochen, mittlerweile aber aufgegeben, weil er nicht reagiert. So benimmt er sich nun schon eine Weile. Shea hat gesagt, ich soll ihn nicht bedrängen. Männer sprechen nicht gern über ihre Gefühle.

Ich lege den Löffel neben die noch halb volle Eisschale und greife nach meinem Handy.

Wo bist du?, schreibe ich Shea.

Was glaubst du denn? Bei der Hexe! Hier steigt 'ne Party. Wir haben total viel Spaß.

Dahinter setzt sie ein mit den Augen rollendes Emoji für den Fall, dass mir der Sarkasmus entgangen sein könnte, der aus jedem Wort trieft.

Gid hat mal wieder abgeschaltet.

Lass ihn bloß in Ruhe! Wenn er mit dir reden will, wird er das tun. Von sich aus. Wenn du irgendwie Druck auf ihn ausübst, lässt er dich sofort sitzen. Bleib bloß locker, Sav.

Ich bin locker!!!

Spar dir deine !!! Wenn du meinen Rat nicht willst, dann hör halt nicht auf mich. Reed ist hier. Gott, was ich diese Royals hasse. Alle versuchen, ihm in den Arsch zu kriechen. Ich find's so furchtbar, dass du mit einem von denen zusammen bist. Ist schon schlimm genug, dass ich mich hier mit der Hexe abgeben muss.

Ich muss grinsen. Shea ist wahrscheinlich die Einzige an der *Astor*, die in gar keinen der Royal-Brüder verknallt ist.

»Was ist so lustig?«

Ich schaue auf und bemerke, dass Gideon mich beobachtet. Ich zeige ihm das Display, damit er sehen kann, dass ich mit Shea texte.

»Meine Schwester ist bei Jordan. Sie schreibt, dass dein Bruder dort ist. Willst du auch hin?«

»Willst du?« Er tippt an die Eisschale. »Oder möchtest du das noch aufessen?«

Das Letzte, was ich will, ist, zu Jordan zu fahren. Trotzdem lächle ich, weil ich immer das mache, was Gideon will. Zumindest sagt Shea, dass ich das soll. Und irgendwie finde ich das auch sinnvoll, schließlich ist er im Abschlussjahrgang und ich gerade mal in der Zehnten. Zwei Monate sind wir jetzt schon zusammen, und ich kann's immer noch nicht fassen. Meine Oberschenkel sind grün und blau, weil ich mich so häufig kneife. »Ich bin für alles zu haben, wozu du Lust hast.«

Ganz kurz versteinert sein Gesichtsausdruck. So als hätte ich ihn irgendwie enttäuscht, aber dann lächelt er sein umwerfendes Lächeln, und schon weiß ich nicht mehr, ob ich es mir vielleicht nur eingebildet habe. Er greift in die Tasche und zieht einen Stapel Geldscheine heraus. »Dann lass uns zur Carrington fahren.«

Er steht auf und streckt seinen Arm aus, damit ich vor ihm durch die Tür gehen kann. Also nehme ich meine Handtasche und mache einen Schritt auf ihn zu. In einem Anfall von Tapferkeit bleibe ich stehen.

»Was ist?«, fragt er. »Hast du doch noch Hunger? Ich dachte, du bist fertig.«

»Die Frage ist eher, ob du hier fertig bist.« Mein Mut reicht nicht, um ihm dabei in die Augen zu sehen, aber immerhin bekomme ich die Worte raus.

Aus dem Augenwinkel sehe ich, dass er zu seinem Nachtisch schaut, den er nicht mal angerührt hat. »Ja, ich hab viel zu Abend gegessen.«

Sofort löst sich meine Tapferkeit in Luft auf, weil er meine Worte falsch verstanden hat, und ich peile den Ausgang an. Oder war das Absicht? Weicht er meiner Frage aus, oder glaubt er wirklich, dass ich das schmelzende Eis gemeint habe?

Da ist eine Kluft zwischen uns. Egal, wie nah wir uns körperlich sind, da ist trotzdem eine Kluft, und ich habe keine Ahnung, wie ich sie überbrücken könnte.

Oder vielleicht wüsste ich es sogar, ich habe nur nicht den Mumm, es zu tun, aus Angst, er könnte mich zurückweisen. Ich fahre mir mit der Hand durchs Haar und streife es mir über die Schulter. Aber deshalb verbringe ja jeden Morgen Stunden damit im Bad, mich fertig zu machen, oder? Wenn Gideon die wahre Savannah sähe – krause Haare, kein Make-up und emotional bedürftig –, er würde so schnell wegrennen, wie er könnte.

»Du siehst heute sehr hübsch aus«, sagt er, als wir bei der Tür sind.

»Danke sehr.«

Er lacht. »Wie förmlich. Sind wir im Country Club?« Er legt mir einen Arm um die Schultern.

»Was soll ich denn sonst sagen? Das weiß ich?«

»Warum nicht?« Er presst seine Nase an meinen Kopf. Die Herbstluft ist kühl, aber es liegt nicht am Wetter, dass ich erschaudere. »Das wäre die Wahrheit.«

Unwillkürlich schließe ich die Augen. Meine Unsicherheit hinunterzuschlucken zahlt sich aus, wenn es mit solchen Momenten der Nähe belohnt wird.

»Hey, Gideon!« Eine hohe Stimme dringt zu uns herüber. Sie gehört zu einer sehr hübschen Blondine, die mir vage bekannt vorkommt. Ich glaube, sie ist in Gideons Jahrgang.

Ihr Handgelenk wird von drei goldenen Armbändern beschwert, die unüberhörbar klimpern, als sie uns zuwinkt. Nein, als sie Gideon zuwinkt.

»Hey, Rhiannon«, sagt Gideon.

»Bei Jordan steigt gerade 'ne Party. Willst du nicht mitkommen?«

Ihr Top hat diesen komischen, trägerlosen Schnitt, sodass es gefährlich tief über ihren Brüsten hängt. Neidisch betrachte ich ihre Oberweite.

»Dorthin sind wir unterwegs«, sagt er und schiebt mich sanft vorwärts.

Ich habe gar nicht gemerkt, dass ich stehen geblieben bin.

Rhiannon schaut ganz kurz zu mir, aber sofort wieder zu Gideon. »Wenn du mit dem Kindergartenkind fertig bist, dann halt gern nach mir Ausschau.«

Schon möglich, dass ich mich in der kurzen Zeit, die ich mit Gideon zusammen bin, ihm noch nicht ganz öffnen konnte, aber ich habe gelernt, wenn ich mich den anderen Mädels gegenüber nicht behaupte, tun sie einfach weiter so, als gäbe es mich gar nicht. Außerdem habe ich bemerkt, dass es Gideon gefällt, wenn ich Kontra gebe.

Deshalb lächle ich sie an und flöte: »Wenn er dich wollte, wäre er nicht bei mir.«

Rhiannons Miene verfinstert sich. »Ich bitte dich. Er ist nur bei dir, weil du machst, was immer er will. Ein paar von uns haben eben Ansprüche.«

»Ach ja?«, setze ich nach. »Wer bettelt denn hier geradezu um seine Aufmerksamkeit? Du tust mir leid. Such dir jemanden, der nicht vergeben ist, dann hast du vielleicht Chancen.«

Ich nehme Gideons Hand und gehe voran zu seinem Range Rover.

»Savage, Savannah«, flüstert er, als er mir die Beifahrertür öffnet.

Meine Wangen sind rot, aber ich fühle mich beschwingt.

Als ich es mir gerade auf dem Beifahrersitz bequem mache, klingelt Gideons Telefon.

»Das ist meine Mom«, sagt er und hält einen Finger in die Luft, um mir zu bedeuten, dass ich kurz abwarten soll. Dann geht er dran. »Ja? Und sonst ist niemand zu Hause?« Er hört zu. »Doch, ich kann vorbeikommen. Savannah ist bei mir, wir sind gleich da.«

Ich nicke eifrig. Ich war noch nie bei Gideon zu Hause und kann es ehrlich gesagt kaum erwarten.

»Oh? Nein, vermutlich nicht.« Er verzieht das Gesicht. »Okay, dann setze ich sie zu Hause ab und komme sofort zu dir.«

Enttäuschung ersetzt das Gefühl freudiger Erwartung, aber ich verberge sie hinter einem besorgten Lächeln. »Ist alles in Ordnung?«, frage ich, nachdem er aufgelegt hat.

»Yeah.«

Nicht gerade überzeugend. Während der Fahrt verfällt er wieder in diesen stillen, grüblerischen Zustand. Die Kluft zwischen uns vergrößert sich weiter.

Ich kann die Hände nicht still halten. »Deine Mutter mag mich nicht, oder?«

»Wie kommst du darauf?«

Er leugnet es nicht mal. »Liegt es an mir? Hat sie irgendwas über mich gehört?«

Gideon winkt ab. »Ach, es ist nichts. Mach dir keine Gedanken.«

»Wenn sie mich erst mal –«

»Savannah«, unterbricht er mich. »Das ist keine große Sache.«

Ich beiße mir auf die Lippe und schaue aus dem Fenster.

»Tut mir leid.« Gideon seufzt. »Da ist wirklich nichts. Und es ist egal, ob sie dich mag oder nicht. Sie hat nur gerade eine Menge Probleme.« Aber seine Körperhaltung fühlt sich ziemlich unerträglich nach Zurückweisung an.

»Schon gut.«

Er greift nach meiner Hand. »Es tut mir leid, Savannah. Aber sieh es doch mal so, wenigstens musst du dann heute Jordan nicht ertragen.«

»Ja.«

Wir fahren weiter, schließlich biegt er ab, allerdings in die falsche Richtung. Ich tippe ihn an. »Ähm, wir fahren falsch.«

»Ich weiß.«

»Und wohin geht es dann jetzt?«

»Zu mir. Ich werde nach Mom sehen, und dann schauen wir einfach in meinem Zimmer einen Film. Wie klingt das?«

»Perfekt.« Mein Herz hüpft. Am liebsten würde ich mir die Hände an die Brust drücken, aber ich halte mich zurück. Ich setze mich nur auf und streiche mir über die Haare. Was gäbe ich für ein tragbares Glätteisen. Meine glatten Haare geben mir Selbstbewusstsein.

»Du siehst gut aus«, versichert Gideon mir.

Gut? Ich will aber umwerfend aussehen. Außer natürlich, Maria Royal mag niemanden, der umwerfend aussieht. Dann reicht mir gut. »Danke.«

Er lässt meine Hand los, um auf einen Knopf zu drücken, und schon öffnet sich langsam das Tor vor uns. Wir fahren eine spärlich beleuchtete Straße entlang. Zu beiden Seiten stehen Ginkgobäume. Die Royals haben Geld. Also, meiner Familie geht es finanziell ja schon sehr gut, trotzdem haben wir im Vergleich zu den Royals praktisch nichts. Wir fliegen in der Businessclass, die Royals haben ihr eigenes Flugzeug. Auf allen Ledersitzen ihrer Wagen prangt das eingestickte Logo ihrer Firma. Gideon trägt eine Armbanduhr, die so viel gekostet hat wie das ganze Auto.

Die Hälfte der Zeit glaube ich, dass es ebenso das Vermögen wie das Aussehen ist, das die Mädels anlockt wie der Honig die Bienen.

Ihr Haus ist riesig. Darin fänden sicher drei Familien Platz. Dann wiederum hat Gideon vier Brüder, vielleicht brauchen sie so viel Raum.

Er parkt den Rover direkt vor den Stufen zur Eingangstür. Während wir uns dem Haus nähern, werden Gideons Schritte langsamer. Er zögert, als frage er sich, ob er einen Fehler gemacht hat. Aber dann öffnet er die Tür.

Der Eingangsbereich besteht aus poliertem Marmor, und hinter einem runden Tisch mit frischen Schnittblumen erhebt sich eine gewaltige Treppe.

»Mom?«, ruft er.

Schritte von links wecken unsere Aufmerksamkeit. Gideons Bruder Reed taucht auf. Bei unserem Anblick bleibt er abrupt stehen.

»Warum ist sie hier?«, will er wissen.

Ich verstecke mich hinter Gideon.

»Warum bist du hier?«, fragt Gideon zurück. »Ich dachte, du bist auf Jordans Party.«

»Mom hat angerufen, deshalb bin ich hergekommen.« Finster schaut er mich an. »Warum ist sie hier?«, wiederholt er.

Gideon schaut genauso finster zurück. »Weil ich sie mitgebracht habe.«

»Sie hat hier nichts verloren.«

Reed wirft mir etwas zu. Aus Reflex fange ich es. Ein Schlüsselbund.

»Fahr nach Hause, Savannah«, schnauzt er. »Nimm meinen Rover. Aber verschwinde.«

Mir fällt die Kinnlade runter. »Aber –«

Gideon nimmt mir die Schlüssel aus der Hand. Für einen

Moment glaube ich, dass Reeds Verhalten ihn genauso sprachlos macht wie mich, aber da liege ich falsch. Er gibt mir einfach nur seinen Schlüssel stattdessen. »Nimm meinen. Komm einfach morgen damit zur Schule, dann habe ich ihn ja wieder.«

Ich schaue ihn mit offenem Mund an. »Gideon …«

Er wechselt einen schnellen Blick mit Reed. Dann schiebt er mich Richtung Eingangstür.

Bevor ich weiß, was passiert, stehe ich draußen und betrachte die geschlossene Tür. Gideon ist mir nicht zu Hilfe gekommen. Er hat nicht gesagt, dass ich bleiben soll. Er hat seinen Bruder nicht dafür zurechtgewiesen, dass er mich anblaffte, ich solle verschwinden. Nein, er hat mir noch seinen Autoschlüssel gegeben und mich eigenhändig vor die Tür gesetzt.

Erstaunt starre ich die Tür sicher eine geschlagene Minute lang an, bevor ich mich in Gideons Rover setze und nach Hause fahre.

Sechstes Kapitel

GIDEON

Drei Jahre zuvor

»Es tut mir leid«, sagt Reed, kaum dass ich die Tür hinter Savannah geschlossen habe.

»Also, was ist so dringend?«, frage ich. Nach dieser Aktion habe ich Glück, wenn Sav überhaupt noch mit mir spricht, geschweige denn mich ihren perfekten Körper auch nur mit einem Finger berühren lässt.

»Ein Mom-Notfall. Was sonst? Ich habe es geschafft, sie von den Zwillingen fernzuhalten, aber Easton ist nach Hause gekommen.«

»Ach, Scheiße.« Dabei habe ich mit nichts anderem gerechnet, als ich den Anruf von meinem Bruder entgegennahm. »Wo sind sie?«

»In Moms Zimmer. Sie hat die Zwillinge im Fernsehzimmer bedrängt, aber dann hat Eastons Auftauchen sie weggelockt. Ich kann sie übernehmen, wenn du dich um die Zwillinge kümmerst«, bietet er an.

»Nee, ich mach das schon.« Ich schiebe ihn in die Richtung unseres Hausflügels, wo ich die Zwillinge vermute. Meine kleinen Brüder brauchen diese Scheiße wirklich nicht. Verdammt, keiner von uns braucht das, aber Reed und ich sind nun mal die Ältesten. Wir müssen unsere jüngeren Geschwister schützen, weil unser werter Herr Vater uns offenbar vergessen hat. Wo ich gerade an unseren abwesenden Vater denke: »Hast du Dad angerufen?«

»Klar! Aber Onkel Steve ist drangegangen und hat gesagt, Dad sei in einem ›Meeting‹.« Er setzt das letzte Wort mit den Fingern in Anführungsstriche.

»Verstehe.« Mit anderen Worten: Dad vögelt gerade eine Hure und kann deshalb nicht ans Telefon kommen.

Ich nehme immer zwei Stufen auf einmal auf dem Weg nach oben. Vielleicht lässt sich das Ganze ja in einer halben Stunde lösen, dann kann ich noch flott rüber zu Sav, und wir schauen einen Film bei ihr. Oder fahren noch irgendwohin. Etwas flüstert mir zu, dass meine Chancen, dass sie mir vergibt, umso besser stehen, je weniger Zeit ich bis zum Wiedersehen verstreichen lasse.

Als ich die oberste Stufe erreiche, überkommt mich ein schlechtes Gefühl. Ich kann Mom schon hier weinen hören. Vor der Doppeltür bleibe ich stehen und hole noch einmal Luft, bevor ich reingehe.

Mom sitzt mit dem Rücken zu mir auf der Couch direkt vor den Balkontüren. Sie stehen offen, im Zimmer ist es eiskalt. Ich verschaffe mir einen schnellen Überblick: zwei leere Weinflaschen auf ihrer Kommode. Ich gehe rüber zu ihr und entdecke Easton zu ihren Füßen auf dem Boden sitzend. Zwischen seinen Beinen steht eine weitere Weinflasche, dabei bereitet mir der Alkohol gar nicht die größte Sorge, sondern dass er so wahnsinnig und untypisch still ist. Ich vermute mal, er ist bekifft.

»Gideon, mein Schatz«, schluchzt Mom. Sie hebt ihr

halb volles Weinglas in meine Richtung. »Du bist zu Hause.«

»Ich bin zu Hause«, sage ich und nehme ihr das Glas aus der Hand, bevor sie den Inhalt über den hängenden Kopf meines Bruders kippen kann.

»Mach die Türen nicht zu«, sagt sie, während ich die dünnen Vorhänge zur Seite kämpfe, um die Griffe zu finden. »Es ist so muffig hier drin.«

»Du erkältest dich noch«, sage ich und schließe die Türen trotzdem.

Sie zieht einen Schmollmund. »Easton und ich haben den Wellen zugehört. So ein beruhigendes Rauschen, findest du nicht auch?«

Keine Ahnung, wen von uns beiden sie fragt, aber Easton ist eh viel zu zugedröhnt, um zu antworten. Ich lege ihm einen Finger unters Kinn und hebe seinen Kopf an, um ihm ins Gesicht sehen zu können. Seine Pupillen sind groß wie Münzen.

»Ich mach dir Musik an.« Ich schnappe mir die Fernsteuerung und starte irgendwas Beruhigendes.

»Ich will weiter dem Meer zuhören«, jammert sie. »Dem echten. Nicht diesen künstlichen Kram. Ich will nichts Künstliches hier drin.«

Darauf reagiere ich gar nicht erst, sondern gehe einfach zurück zur Couch und hocke mich zu Easton. »Alles in Ordnung?«

Sein Kopf rollt in meine Richtung, er grinst mich kurz und schief an. »Yo, Bro.«

Mir zieht es das Herz zusammen. Das ist einfach so falsch. »Gib mir einen Moment, dann bring ich dich raus.«

Er nimmt eigentlich nichts wahr.

»Mom, Easton muss noch weiter«, sage ich.

»Aber ich will nicht allein sein.« Ihre dünnen Finger

klammern sich um mein Handgelenk. Ich könnte mich superleicht aus dem Griff befreien, aber ihre Zerbrechlichkeit fesselt mich wirkungsvoller als jedes Seil.

In den letzten Monaten ging es mit Mom immer weiter bergab. Sie trinkt mehr, schluckt mehr Pillen. Dad ist derweil unterwegs und macht weiß Gott was, überlässt uns die Sorge um Mom.

Vorsichtig löse ich ihre Finger. »Ich weiß, deshalb komme ich ja sofort zurück.« Sav sehe ich dann heute also nicht mehr.

»Nein, wir bleiben hier alle zusammen. Du, ich und der süße Easton.« Ihre Hand plumpst auf Eastons Kopf, der daraufhin leicht zusammenzuckt.

»Er muss noch Hausaufgaben machen.« Schule ist ihr immens wichtig, sie hasst es, wenn wir blaumachen. Jedenfalls war das früher so, bevor sie sich in ihren Gedanken verloren hat. Ohne ihre Antwort abzuwarten, ziehe ich Easton auf die Beine. Er nimmt langsam an Muskelmasse zu, es ist definitiv nicht mehr so leicht, ihn durch die Gegend zu schleppen wie noch vor einem Jahr. »Los, kleiner Bruder.«

Er murmelt leise *Danke*, was fast in Moms schwachem Protest untergeht. Ich schlinge mir seinen Arm um die Schultern und zerre ihn aus Moms Zimmer und dann bis in seins. Wo das reinste Chaos herrscht. Auf dem Boden liegen Klamotten und Bücher verstreut. Sein kleiner Kühlschrank steht offen, und der Fernseher dröhnt.

»Verdammt, ist das laut.« Er legt sich eine Hand übers Ohr.

Ich lasse ihn auf sein Bett fallen und gehe zu seinem Fernseher, um ihn direkt dort auszuschalten. Keine Ahnung, wo sich die Fernbedienung hier verstecken könnte. Dann ziehe ich Easton die Schuhe und Klamotten aus. Er ist so zu, dass er sich nicht mal wehrt. Dem Himmel sei Dank für diese kleine Erleichterung. Ich decke ihn zu und verlasse sein Zimmer.

Auf der Galerie, die unseren Flügel von dem von Mom und Dad trennt, bleibe ich stehen und schaue hinunter. Plötzlich habe ich Lust zu fliehen. Ich könnte mir Reeds Autoschlüssel organisieren und dann verschwinden. Bis ans andere Ende des Landes – und mich dann einfach in den Wald oder in die Berge schlagen. Irgendwohin, wo ich die Verantwortung für diese Familie abgeben kann, die mich wie ein Fels erdrückt.

Aber das ist unmöglich. Ich kann meine Brüder nicht zurücklassen.

Ich reiße mich zusammen. Gleich morgen organisiere ich Hilfe. Für Mom und Easton. Es muss doch einen Arzt geben, den ich holen kann, damit er ihnen hilft, bei was auch immer sie Hilfe brauchen. Ich tippe mal auf Depressionen.

Als ich zu Mom zurückkehre, sitzt sie noch immer auf dem Sofa, den Blick auf die Vorhänge gerichtet.

»Warum versucht du nicht, ein bisschen zu schlafen?«, frage ich und dimme das Licht etwas, bevor ich zu ihr gehe.

»Ich kann nicht schlafen, wenn dein Vater nicht da ist.«

»Doch, das kannst du.« Ich schiebe ihr die Arme unter und trage sie vorsichtig zum Bett.

»Hast du was von ihm gehört? Von deinem Vater?«, fragt sie.

»Nein, Ma'am.«

»Bitte, lass mich nicht allein«, fleht sie. »Ich kann heute nicht allein sein.«

Tränen quellen ihr aus den Augen. Das ungute Gefühl in meinem Bauch verstärkt sich.

Ich suche verzweifelt nach den richtigen Worten, um sie zu beruhigen. Damit sie zu weinen aufhört. »Er liebt dich. Er ist doch nur so viel unterwegs, weil er für uns sorgen will.«

»Und die Arbeit ist wichtiger als ich? Als seine Familie?«

»Ist sie nicht.« Weil ich nicht weiß, was ich sonst noch sagen soll, fließen weiter Tränen, folgen weitere Vorwürfe. Ich ziehe mir einen Stuhl ans Bett und hole mein Handy hervor. Während Mom weiterblubbert, schreibe ich Sav schnell eine Nachricht.

Tut mir leid wg vorhin. Familienangelegenheit. Sehen uns morgen früh. Machen wir doch stattdessen morgen Abend was, okay?

Wenig überraschend bekomme ich keine Antwort. Ich lasse den Kopf in die Hände sinken und warte, bis Mom eingeschlafen ist. Dafür, dass sie so betrunken ist, dauert das ganz schön lange. Irgendwann zwischen zwei und drei verstummen die klagenden, todunglücklichen Geräusche endlich, abgelöst von einem leisen Schnarchen. Ich schleppe meinen müden Hintern in mein Zimmer und schlafe sofort ein.

Nur wenige Stunden später weckt mich das Zwitschern meines Handys. Die Sicherheits-App macht mich darauf aufmerksam, dass jemand vor der Tür steht. Müde klicke ich auf das Symbol für die Überwachungskamera. Auf dem Display taucht die Frau von Onkel Steve auf. Ich lege mir den Arm übers Gesicht. Super. Genau, was ich brauche. Noch eine verzweifelte Frau.

Ich zwinge mich aus dem Bett, trage noch Jeans und T-Shirt von gestern. Eigentlich müsste ich duschen und mich rasieren, aber erst mal sollte ich wohl runtergehen und herausfinden, was Dinah O'Halloran will.

»Morgen, Ma'am«, sage ich, nachdem ich die Tür geöffnet habe.

Dinah düst an mir vorbei, sie riecht nach frischen Blumen. Ihr blondes Haar weht wie ein Seidenvorhang hinter ihr her. Es ist unschwer zu erkennen, warum Steve sie geheiratet hat. Sie sieht so hinreißend aus, wie Models nun mal aussehen, aber irgendetwas an ihr macht mich vorsichtig. Und das, obwohl sie nichts als nett zu uns Jungs ist. Mom hingegen kann sie nicht ausstehen. Vielleicht habe ich mich davon beeinflussen lassen.

»Steve hat sich heute Morgen bei mir gemeldet und gesagt, dass eure Mutter ihn gestern Nacht mehrfach angerufen hat. Er bat mich, mal nach euch zu sehen.«

Sofort versteift sich mein Rücken. Probleme der Royals sollten allein von Royals geklärt werden. Von niemandem sonst. »Uns geht es gut.«

Dinah schüttelt den Kopf. »Mir musst du nichts vormachen. Wir sind doch so was wie Familie.« Sie tätschelt mir die Wange, bevor sie weiter ins Haus geht.

Ich schließe die Tür hinter ihr und eile ihr nach. Ich will nicht, dass sie Mom sieht, weshalb Dinah unbedingt im Erdgeschoss bleiben muss. »Möchtest du was essen oder trinken?«

»Ach, Schätzchen, ich kenn mich hier doch aus. Aber wie wäre es, wenn ich dir und deinen Brüdern Frühstück mache? Wann stehen die anderen denn auf?«

Mein Magen knurrt. Ich reibe mir den Bauch und schaue die Treppe hinauf. »Reed ist sicher bald auf den Beinen. Die anderen erst so in einer Stunde.«

»Dann kümmere ich mich eben zuerst um dich und deinen Bruder.« Sie bahnt sich den Weg in die Küche, und ich folge ihr.

»Kann ich helfen?«, biete ich an.

»Lass mich nur machen. Setz dich ruhig.« Sie tippt auf einen der Barhocker. Dann legt sie auch schon los, nimmt Eier und Butter aus dem Kühlschrank, Töpfe und Pfannen aus dem Schrank neben dem Herd. »Steve und dein Dad müssen ja eine wilde Nacht hinter sich haben.«

»Darüber weiß ich nichts.«

Sie wirft mir einen amüsierten Blick zu. »Du musst deinen Vater nicht in Schutz nehmen, Schätzchen. Ich bin alt genug, ich weiß, wie der Hase läuft. Steve hat schon immer anderen hinterhergeschaut.«

Ich laufe rot an, weiß nicht, was ich dazu sagen soll, aber Dinah redet auch einfach weiter.

»Deine Mutter tut mir allerdings leid. Sie trägt die ganze Verantwortung ohne jede Unterstützung. Deshalb bin ich hergekommen. Weil ich ihr gern etwas abnehmen würde.«

Dinah wirbelt durch die Küche, mischt den Teig für die Pancakes an, brät Speck, wärmt Sirup. Innerhalb kürzester Zeit stapelt sich haufenweise Essen vor mir. Einen Augenblick lang erstaunt es mich, dass sie überhaupt kochen kann – Dinah kam mir immer vor wie eine verwöhnte kleine Prinzessin. Aber dann fällt mir wieder ein, dass Dinah gar nicht aus reichem Hause stammt. Sie hat in ein Vermögen eingeheiratet, weshalb sie höchstwahrscheinlich wusste, wie man sich versorgt, bevor sie Onkel Steve kennenlernte.

»Danke, Ma'am.«

Sie wuschelt mir durchs Haar, als wäre ich ein kleiner Junge. »Nenn mich nicht immer ›Ma'am‹. Da fühle ich mich ja total alt. Nenn mich Dee.«

»Okay«, sage ich zwischen zwei Bissen. Ich fange bestimmt keine Diskussion mit einer Frau an, die mir gerade Frühstück gemacht hat. »Die Pancakes sind superlecker, Dee.«

»Gut, das höre ich gern. Erstaunlich, wie viel du essen kannst, und trotzdem bist du so in Form.« Sie geht an mir vorüber und fährt mir dabei mit dem Finger über die Schultern.

Das ist mir unangenehm, aber sie denkt sich sicher nichts dabei, insofern sage ich auch nichts dazu. Man muss sich ja nicht über eine unschuldige Berührung beklagen. Außerdem muss ich über wichtigere Dinge nachdenken. Zum Beispiel, wie ich Sav dazu bringe, mir zu verzeihen. Ich seufze schwer, bevor ich mir mehr Pancake in den Mund stecke.

»Was hast du heute vor?«

»Mich entschuldigen«, antworte ich, ohne zu überlegen, und bereue es sofort.

»Oh nein. Gibt's ein Problem mit einem Mädchen? Erzähl Dee alles!« Sie stützt sich mit den Ellbogen auf den Tisch und lehnt sich vor. Der V-Ausschnitt ihres Oberteils gibt nach und mir den Blick frei.

Ich schaue weg, über ihre Schulter. »Ach, nichts weiter.«

»Süßer, du hast gerade geseufzt, als laste die Sorge der ganzen Welt auf deinen Schultern. Ich bin eine junge Frau, die bis vor Kurzem noch Single war. Ich wette, ich kann dir aus der Patsche helfen.«

Ich strotze nun nicht gerade vor genialen Ideen. »Gut möglich, dass ich meine Freundin verärgert habe«, gebe ich zu.

Dinah legt den Kopf schief. »Wie denn?«

»Ich habe sie hierher mitgebracht, aber ...« Weiter spreche ich nicht, weil ich eigentlich vor niemandem zugeben will, in welch beschissenem Zustand sich unser Heim befindet. Nicht mal vor Steves Frau. »Ich musste meinem Bruder helfen, deshalb hab ich sie nach Hause geschickt.«

Sie tippt sich mit ihrem schlanken Finger an den Mund.

»Mädchen mögen große Gesten. Macht ihr Kids heutzutage nicht einen mächtigen Aufriss rund um die Einladungen zum Abschlussball?«

»Doch, schon.« Ein paar Typen haben sich sehr ausgefallene Dinge ausgedacht, um Mädchen einzuladen. Bei manchen war es eine aufwendige Schnitzeljagd. Decker Henry ist auf einem weißen Pferd die Straße hinuntergeritten – ein Banner hinter sich herziehend. Seine Freundin fand die Idee so toll, dass sie sogar noch vor dem Abschlussball ihre Jungfräulichkeit für ihn aufgegeben hat.

»Dann versuch's doch so. Mach es groß und sensationell. Das wird ihr gefallen.«

Groß und sensationell? Ich werde mich sicher nicht auf ein Pferd setzen, aber in Szene vielleicht dann doch. Ich stopfe mir den Rest Pancake in den Mund und springe vom Barhocker.

»Danke fürs Frühstück.« Schon höre ich Reeds Schritte und rufe sofort nach ihm. »Dinah hat für uns gekocht. Pancakes. Bacon. Mit allem Drum und Dran.«

Seinen Augen werden groß vor Freude. »Echt? Ich bin am Verhungern.« Dann bleibt er wie angewurzelt stehen, schließlich ist die Küche eigentlich Moms Wirkungsbereich.

»Ich hab schon gegessen«, bestärke ich ihn.

»Cool.« Erleichtert setzt er sich.

»Kannst du Easton und die Zwillinge zur Schule fahren? Ich muss heute Easts Pick-up nehmen, schließlich hat Sav meinen Wagen.«

»Geht klar.«

Ich lasse Reed in der Küche zurück, der sich schon den Bauch vollschlägt, und eile davon, um mich fertig zu machen.

»Gideon!«

Als ich mich umdrehe, steht Dinah direkt hinter mir. »Oh, was ist denn los?«

Sie legt mir einen Arm um und drückt mich an sich. Unbeholfen klopfe ich ihr auf den Rücken und versuche es irgendwie zu verhindern, dass ihre Möpse sich gegen meinen Brustkorb pressen.

»Womit hab ich denn das verdient?«

»Du sahst aus, als könntest du eine Umarmung und einen Kuss gebrauchen.« Sie gibt mir einen Kuss auf die Wange. »Ups, da ist ein bisschen Lippenstift.« Sie reibt mir mit dem Finger über den Wangenknochen. »So, jetzt ist er wieder weg.«

Ich habe das große Bedürfnis, mir mit der Hand über das Gesicht zu wischen, aber ich will nicht wie ein Arsch wirken. »Danke noch mal für das Frühstück.«

»Ach, das war doch nichts. Ich komme gern jederzeit vorbei, wenn ihr mich braucht.«

Ich renne nach oben. Im Nullkommanichts bin ich geduscht, angezogen und bereit zu gehen. Meine erste Anlaufstelle an diesem Morgen: der nächstgelegene Blumenladen.

»Wie viele Rosen haben Sie?«, frage ich den Verkäufer.

»Im Laden?«

Ich ziehe mein Portemonnaie hervor und lege mehrere Banknoten auf den Tresen. »Im gesamten Laden«, sage ich.

Wie sich herausstellt, sind es über zweihundert. Bereits eine Stunde später habe ich auch alle anderen Läden im Umkreis leer gekauft.

Große Geste im Anmarsch.

Siebtes Kapitel

GIDEON

Heute

»Du solltest ihr Blumen kaufen. Das macht mein Dad immer, wenn meine Mutter sauer auf ihn ist.«

Ich mühe mich gerade an den Trainingsbändern ab. »Das hab ich schon mal gebracht. Hab einen Blumenladen leer gekauft.« Vier, um genau zu sein.

Cal verharrt mitten im Zug. »Einen ganzen Blumenladen?«

»Nur die Rosen«, verdeutliche ich. »Ich war in vier Läden und habe alle Rosen gekauft.«

»Krass. Was hat das denn gekostet?«

Manchmal vergesse ich, dass meine Freunde hier nicht wissen, wie viel Geld ich habe. Das ist einer der großen Vorteile am College, ein Neuanfang auf neuem Boden. Die Vergangenheit zählt nicht wirklich. Weder die großen Errungenschaften noch die Skandale aus Highschoolzeiten, sondern nur das, was man hier leistet. Ich behalte meine Royal-Connections weitestgehend für mich. Das Einzige, woran man ablesen kann, dass ich Geld habe, ist mein

Range Rover, trotzdem bin ich lange nicht allein mit meinem exquisiten fahrbaren Untersatz. Man findet durchaus den ein oder anderen BMW oder Mercedes, ein paar der chinesischen Kids fahren sogar Lamborghinis.

»Genug«, ist meine vage Antwort an Cal. »Ich hab sie gekauft, weil ich eine Verabredung platzen lassen musste. Deshalb glaube ich, damit komme ich diesmal nicht wirklich weiter.«

»Was hast du denn diesmal verbrochen?«

Meine Sünden der Vergangenheit vor Cal auszubreiten, widerspricht ein bisschen meinem Vorhaben, nicht weiter aufzufallen, aber Cal ist ein guter Freund, und ich will ihn nicht anlügen. Ich habe schon so viel gelogen, das reicht bis an mein Lebensende.

»Ich hab sie betrogen«, sage ich unverblümt und lasse die Trainingsbänder los. Sie knallen gegen die geflieste Wand.

Vor Überraschung macht Cal ganz große Augen. »Du hast was?«

Dass er so schockiert ist, löst bei mir eine gewisse Genugtuung aus. Wie schon gesagt, man muss nicht mitnehmen, wer man war, wenn man die Highschool verlässt. Und ich habe mich sehr bemüht, den Idioten hinter mir zu lassen, der in Dinahs Falle getappt ist.

»Das ist eine lange Geschichte, Fakt ist aber, ich hab sie betrogen. Als Sav das herausfand, haben wir uns getrennt. Und seither gab es gewissermaßen einen Wettbewerb, bei dem wir geschaut haben, wer von uns den anderen schlimmer verletzen kann.« Ich schnappe mir ein Handtuch und werfe es meinem Kumpel zu, der noch immer aufgewühlt aussieht.

»Das klingt nach einem ganz schön miserablen Spielchen.«

»Allerdings.« Ich kann ihm nur zustimmen. »Ich hab

damit aufgehört, seit ich am College bin.« Sav hingegen nicht. Die Buschtrommeln haben selbst bis hierher gemeldet, dass sie mit Easton in der Kiste war.

Ich konnte darüber nicht mal wütend sein. Wenn wirklich was zwischen den beiden gelaufen ist, dann nicht, weil sie ein echtes Interesse aneinander hatten. Sie wollten mir nur wehtun, aber ich vermute, dass sie unter der folgenden Scham und dem sicher ebenso großen Selbsthass mehr zu leiden hatten als ich unter der Vorstellung, als ich davon gehört habe.

Nach allem, was unsere Mutter ihm angetan hat, kann ich meinem kleinen Bruder nicht böse sein. Und nach allem, was *ich* Sav angetan habe, ihr auch nicht.

»Ich glaube, du hast recht«, sagt Cal und wirft das Handtuch in den Sammelbehälter.

»Inwiefern?«, frage ich auf dem Weg zur Umkleide.

»Von allen Colleges des Landes hat sie sich dieses ausgesucht. Die will dich, Mann.«

Ich drehe das Kombinationsrad an meinem Spind. Obwohl sie es noch so sehr bestritten hat, wenn sie mich wirklich hassen würde, wäre sie an ein anderes College gegangen. Oder aber ich bin einfach wahrnehmungsgestört, und ihr Auftauchen ist nur ein Zeichen dafür, dass sie sich echt keinen Deut mehr für mich interessiert.

Doch dann reibe ich mir mit der Hand übers Gesicht. Nein. Sie hat mich geschlagen. Ein Mädchen, das sich keinen Deut mehr für jemanden interessiert, würde nicht zuschlagen. Da sind noch Gefühle für mich. Im Moment sind sie geprägt von Wut und Schmerz, aber ich habe eine Chance, das zu ändern. »Vielleicht hast du recht?«

»Und was machst du jetzt?«

»Das weiß ich noch nicht.« Ich ziehe mich schnell an und stülpe eine Mütze über die nassen Haare.

»Es muss jedenfalls groß sein«, sagt er. »Ich denke da an eine Nachricht, mit dem Flugzeug in den Himmel geschrieben: ›Sorry, dass ich so ein Arsch war, bitte vergib mir Dummkopf.‹«

Ich schnaube. »Na, wenn *die* Nachricht nicht zieht, was dann?«

Wir schultern unsere Rucksäcke. Draußen im Flur steht Julie und spricht mit einem aus der Leichtathletikmannschaft, der schon ewig hinter ihr her ist. Sofort ist Cal unübersehbar angespannt.

»Ich mag den nicht«, grummelt er.

»Wieso? Der ist doch harmlos. Wenn Julie was von dem wollen würde, wäre sie längst auf einen seiner unzähligen Annäherungsversuche eingegangen.«

»Genau deshalb mag ich ihn ja nicht. Der versucht es immer wieder, obwohl sie ihm längst gesagt hat, er soll Leine ziehen. Außerdem steht er viel zu nah. Ich wette, ihr ist das total unangenehm. Noch dazu ist Julie Schwimmerin. Sie gehört zum Schwimmteam.« Er geht an mir vorbei. »Hey, Babe.«

Julie wirkt gleich aufgeweckter. »Seid ihr fertig?«

»Ja. Hast du Hunger? Gehen wir mittagessen?« Sehr galant schiebt Cal sich zwischen die beiden.

Der Läufer macht stirnrunzelnd einen Schritt zurück. »Es ist doch erst zehn«, wendet er ein.

»Mittagessen ist ja auch ein eher globaler Begriff«, sagt Cal. »Bist du bereit, Jules?« Es könnte offensichtlicher nicht sein, aber aus irgendeinem Grund scheinen Julie seine Gefühle für sie zu entgehen. Liegt vielleicht daran, dass Cal selbst noch nicht begriffen hat, warum er nicht mag, wenn andere Typen mit Julie sprechen. Gehört zum Schwimmteam? Von wegen. Gehört eher zu Cal Lonigan.

»Zu einem Frappuccino sag ich nicht Nein.« Sie lehnt

sich nach rechts, um sich noch mal an den Läufer zu wenden: »Ich such dir die Info raus, dazu muss ich aber ein bisschen meine Inbox durchforsten. Ich bin sicher, dass die noch irgendwo ist, ich weiß grad bloß nicht, wo.«

Er salutiert vor ihr. »Du hast ja meine Nummer.«

Cal wartet, bis wir draußen sind, um Julie zur Rede zu stellen. »Wie bitte, du hast seine Nummer? Der macht Leichtathletik!«

»Und? Du tust gerade so, als würde er mit Drogen handeln oder so was«, erwiderte Julie und verdreht die Augen.

Cal schenkt ihr einen finsteren Blick. »Macht er ja vielleicht auch.«

Zeit, einzuschreiten. Ich gehe zwischen sie und lege jedem einen Arm um die Schultern. »Cal ist nur so schlecht gelaunt, weil er Hunger hat. Wir müssen die Bestie füttern.«

»Genau, ich hab Hunger«, sagt er und sieht mich dankbar an.

»Schon okay.« Julie zuckt mit den Schultern. »Oh, fast vergessen. Ich hab was für dich.«

»Du hast im Moment wohl für jeden was«, murmelt Cal.

Ich verpasse ihm heimlich einen Tritt gegen das Schienbein. Er humpelt ein Stück weg. »Wofür war das denn?«

Julie bleibt stehen. »Was ist passiert?«

»Ich hab ihn getreten.«

»Er hat mich getreten«, jault Cal.

Julie wirft die Hände in die Luft und geht weiter. »Ihr zwei seid solche Kinder.«

Cal widerspricht sofort. »Also, wir sind ja wohl wenigstens Teenies.«

»Hier, du großes Baby.« Sie gibt mir einen Zettel.

»Was ist das?«, frage ich, dabei ist es mir klar, sobald ich die erste Zeile gelesen habe. »Ist das eine Übersicht über alles, was Sav während ihres kurzen Aufenthalts hier plant?«

»Ja, und verrate bloß niemandem, dass du das von mir hast.« Julie verschränkt die Arme vor der Brust. »Ich hab eh schon das Gefühl, ich verletze die Regeln irgendeines ungeschriebenen Girl-Codes.«

»Wie oft muss ich es eigentlich noch sagen? Du bist im Schwimmteam. Loyalität bist du nur uns schuldig«, verkündet Cal.

»Ignorier ihn einfach«, sage ich und umarme Julie.

Woraufhin Cal mich so finster ansieht, dass ich nicht anders kann und loslache.

»Was ist so lustig?«, will Julie wissen.

»Das Leben. Ich lache über das Leben.« Mit dem Blatt wedelnd füge ich hinzu: »Und über all seine Möglichkeiten!«

»Wie willst du sie denn zurückgewinnen? Ihr einfach überallhin nachlatschen und hoffen, dass ihr dabei bewusst wird, wie toll du doch bist?«

»Nein, da muss eine große Geste her.« Cal wirft die Arme auseinander, mit einem trifft er mich fast ins Gesicht. »Ich hab vorgeschlagen, was für sie in den Himmel schreiben zu lassen.«

Julie rümpft die Nase. »Das fand ich ja immer total kitschig. Versuch's lieber mit Blumen. Kauf ihr einen riesigen Strauß und geh vor ihr auf die Knie.«

»Das klingt eher nach Antrag als nach Entschuldigung«, hält Cal dagegen.

»Es kann beides sein«, klärt sie ihn auf. »Und was verstehst du denn überhaupt von großen Gesten? Hast du jemals eine gemacht?«

»Ja, das mit dem Antrag«, sagt er und wirkt verletzt. »Als Einladung zum Abschlussball.«

Julie und ich schauen ihn überrascht an. Cal ist nicht gerade der Typ für so was. Er ist eher einer, der eine Kerze in ein Hamburgerbrötchen steckt und das dann romantisch findet.

»Oh, das will ich hören«, verkündet Julie. »Waren Tiere beteiligt? Gab's eine Schnitzeljagd? Erzähl.«

»Ich habe einen Nussknacker in ihr Schließfach geschmuggelt mit einem Zettel, auf dem stand: ›Ich wäre beknackt, wenn ich dich nicht fragen würde, ob du mit mir zum Abschlussball gehst.‹« Cal klingt so stolz, dass ich mich diesmal wirklich zwinge, nicht zu lachen.

Julie schüttelt den Kopf. »Wie idiotisch.« Sie wendet sich an mich. »Und du? Hast du schon mal so was gemacht?«

»Nein.« Beim ersten Abschlussball hab ich gekniffen, und der letzte war ein absolutes Desaster.

»Nein im Sinne von: Du hast Savannah nicht gefragt, oder du hast ganz allgemein noch nie jemanden gefragt?«

»Ganz allgemein noch nie jemanden.«

»Gab's an deiner Highschool keine Bälle? Ich weiß, dass du auf einer Privatschule warst, aber ...«, hakt sie neugierig nach.

»Es gab welche. Ich war nur nicht da.«

»Ist sie auch deshalb sauer auf dich? Weil du nicht mit ihr zum Ball wolltest?«, fragt Cal.

»Nein, wir haben uns vor Weihnachten getrennt. Sie war auch nicht auf dem Ball.«

»Autsch.« Cal verzieht das Gesicht. »Dann hab ich nichts gesagt.«

Julie klopft mir tröstend auf den Rücken. »Klingt so, als wärst du ein richtiger Wichser gewesen. Ich glaube, Cal hat ausnahmsweise mal recht. Du musst irgendwas Ausgefallenes, Sensationelles machen, um ihr zu zeigen, wie reumütig du bist.«

»Gab schon große Gesten«, erklärt Cal ihr. »Er hat ihr vier Blumenläden gekauft.«

Julies Augen werden groß. »Im Ernst? Gleich vier?«

»Nur die Blumen von vier verschiedenen Läden«, stelle ich klar. »Aber die Sache mit großen Gesten ist halt, dass sie für Leute sind, die im Alltag versagt haben. Wenn man sein Mädchen – oder seinen Typen – richtig behandelt, braucht man keine großen Gesten. Und was Cal sagt, stimmt. Das hab ich schon hinter mir. Ich muss mich allmählich mal auf das Alltägliche konzentrieren.«

»Und das wäre was genau?«, fragt Julie.

»Zunächst einmal heißt das, ich muss anfangen zuzuhören.«

Achtes Kapitel

SAVANNAH

Heute

»So, bitte sehr.« Adrian Trahern gibt mir mein Handy zurück. Mit seinem kantigen Kinn und den wahnsinnig blauen Augen wäre er eigentlich vor der Kamera viel besser aufgehoben als dahinter.

Ich wünschte, sein gutes Aussehen hätte einen Effekt auf mich. Trotzdem lächle ich. »Danke. Ich werde mich nur im Notfall melden, versprochen.«

»Dann hoffe ich wohl zum ersten Mal, dass jemand viele Notfälle hat«, scherzt er.

Würde ich in einer normalen Welt leben, würde ich mich Adrian nur so an den Hals werfen und ihn anflehen, mir alles beizubringen. Und damit meine ich nicht das Filmen. Aber ich verlagere nur unsicher das Gewicht vom einen Fuß auf den anderen.

Adrian kommt mir zur Hilfe. »Das heißt, du kommst im Juni wieder?«

»Ja.« Diesmal ist mein Lächeln echt. Es ist ein erleichtertes Lächeln, kein kokettes, aber wenigstens ist es echt. »Ich bin schon ganz aufgeregt, habe aber auch ein bisschen Angst. Kann gut sein, dass ich dann den einen oder anderen Notfall haben werde.«

Sein Lächeln wird breiter. »Dann halte ich mich bereit.«

Er öffnet mir die Tür und lässt mich vor. Ein normales Mädchen würde sicher ins Schwärmen geraten über diese eindeutige Einladung eines so scharfen und charmanten jungen Mannes wie Adrian, ich bringe allerdings nur ein weiteres schwaches Lächeln zustande. Verdammter Gideon.

»Machst du deinen Film hier, oder hast du schon ein paar Szenen fertig? Unsere Ausrüstung ist nämlich sehr gut. Falls du also schon was gedreht hast, solltest du überlegen, ob du nicht trotzdem noch mal von vorn anfängst.«

»Ich sitze eigentlich immer noch am Szenenbuch«, gebe ich zu.

»Dann melde dich, wenn du ein paar Ideen durchspielen oder einfach ein bisschen Feedback kriegen willst. Meinen Festivalfilm zu schneiden hat nämlich ewig gedauert, weil ich in die Digitalfalle getappt bin.«

»Die Digitalfalle?«, frage ich und schirme mit einer Hand das grelle Sonnenlicht ab.

»Ja. Durch das digitale Filmen macht es keinen finanziellen Unterschied mehr, ob man nun fünf oder fünfzig Minuten filmt, den wahren Unterschied merkt man erst, wenn man mit all dem Material im Schneideraum hockt und einen dreiminütigen Kurzfilm daraus basteln muss.«

»Oh, guter Hinweis.«

»Ich hätte da noch eine Menge mehr.«

»Ach, hier steckst du.«

Gideons Stimme lässt mich trotz des leicht missbilligenden Tons sofort innehalten. Ich lasse die Hand sinken und sehe meinen ach so geliebten Ex mitten auf dem Gehweg stehen, die Arme vor der Brust verschränkt. Die Pose bewirkt, dass sein Oberarmmuskel überdeutlich zutage tritt, und der verräterische Teil von mir erschaudert beim Gedanken daran, wie diese Arme mich mal gehalten haben.

Adrian verspannt sich leicht, aber sein Ton ist weiterhin unbeschwert, während er fragt: »Ein Freund von dir?«

»Nein, eigentlich nicht«, sage ich etwas säuerlich.

Gideon tut so, als hätte er das nicht gehört, und streckt Adrian die Hand hin. »Ich bin Savs Freund. Und du bist?«

Ich schlage Gideons Hand weg. »Bist du nicht.« Mein Hals wird ganz rot, weil mir das so peinlich ist. Und dann nimmt das, was vorhin noch trockene Theorie war, plötzlich entschlossene Form an. »Weißt du was? Ich glaube, ich nehme dein Angebot an«, sage ich zu Adrian. »Ich würde mich freuen, mein Szenenbuch mit dir durchzugehen. Soll ich dir ein paar Fotos davon schicken? Und dann treffen wir uns, wenn ich ab Juni auf dem Campus wohne?«

Adrian schaut von mir zu Gideon und zurück zu mir. »Klar. Wie schon gesagt, ich bin dir gern behilflich. Ich hab jetzt eine Stunde frei, hast du Lust, mit mir was essen zu gehen?«

»Savage geht mit mir essen«, wirft Gideon ein.

Adrians Augenbrauen wandern himmelwärts. »Savage?«

Wäre ich anfällig für intensives Erröten oder prädestiniert für Ohnmachtsanfälle, ich läge ausgestreckt am Boden.

»Verschwinde«, sage ich so nachdrücklich wie möglich.

»Sie meint dich«, informiert Gideon meinen Begleiter.

»Meine ich nicht!«, brülle ich so laut, dass mich die beiden überrascht ansehen.

»Belästigt der Kerl dich?«, fragt Adrian leise. »Wenn du dich nicht sicher fühlst, rufe ich sofort die Campuspolizei.«

»Ich wüsste da jemanden, der sich in ein paar Sekunden nicht mehr sicher fühlt«, knurrt Gideon.

Ich lege mir die Hände vors Gesicht. Die Fakultät für Theater, Kunst und Film liegt vielleicht einen Kilometer vom Gebäudekomplex der BWLer entfernt. Ich habe mir eingeredet, dass der Campus groß genug sein würde für uns beide, aber bereits nach den wenigen Tagen hier muss ich einsehen, dass ich mich geirrt habe.

Was bedeutet, dass ich mich mit Gideon auseinandersetzen muss. Da sind doch noch mehr Gefühle im Spiel, als ich gedacht hatte. Während ich in Bayview und er hier am College war, konnte ich mir leichter vormachen, über ihn hinweg zu sein. Aber schon unser erstes Wiedersehen hat einen ganzen Schwung Erinnerungen aus den Untiefen meines Gedächtnisses heraufbefördert. Die guten wie die schlechten.

»Pass mal auf, ich weiß nicht, wer du bist, aber dein Verhalten gerade ist grenzwertig«, stellt Adrian klar. »Savannah, ein Wort und die Campuspolizei ist in fünf Minuten hier.« Er nimmt meinen Arm und zieht mich an sich.

Gideon stürzt vorwärts, und ich muss keine Hellseherin sein, um zu wissen, wie das weitergehen wird. Gideon wird Adrian schlagen. Adrian wird zurückschlagen, aber Gideon ist stärker, außerdem hat er vier jüngere Brüder, mit denen er sich regelmäßig geprügelt hat. Der süße Filmstudent hat keine Chance, und vier Jahre lang werde ich an der *State* nur *dieses Mädchen* sein. Ich hab's satt, *dieses Mädchen* zu sein.

Ich reiße mich von Adrian los und stelle mich Gideon in den Weg. Genau wie erwartet, ruht jetzt Gideons ganze Aufmerksamkeit auf mir.

»Hör auf«, sage ich leise. »Du machst alles kaputt.«

Er erkennt die Ernsthaftigkeit auf meinem Gesicht und nickt widerwillig. »Okay.« Er hebt die Hände ergeben bis vor den Oberkörper und tritt zurück. »Ich wollte keinen Ärger, ich wollte nur mit dir essen gehen.« Er streckt die Hand über mich hinweg aus. »Ich bin Gideon, und ja, ich bin Savs Ex. Aber nur fürs Protokoll: Ich habe vor, das zu ändern. Du kannst also um sie buhlen, wenn du das willst, aber mach dich drauf gefasst, dass das ein Kampf mit mir wird.«

»Gideon«, zische ich.

»Was denn?«, tut er unschuldig. »Du hast mal gesagt, dass ich lüge, sobald ich den Mund aufmache. Ich versuche, dir zu beweisen, dass ich mich geändert habe. Von nun an nur noch die Wahrheit.«

Hinter mir räuspert sich Adrian. Und ich weiß schon, was er sagen wird, bevor ich mich zu ihm umgedreht habe.

»Ich hab noch was vor.« Er deutet irgendwo in die Ferne. »Ich bin verabredet mit …« Weiter spricht er nicht, wohl weil ihm wieder einfällt, dass er mich eigentlich gerade erst zum Essen eingeladen hat.

»Danke für deine Hilfe, Adrian. Wir sehen uns.« Übersetzung: Ich werde dich nicht anrufen, damit es nicht total unangenehm wird, versprochen.

Adrian nickt und geht davon. Erst langsam, aber schon bald verfällt er ins Laufen, als könne er gar nicht schnell genug von uns wegkommen.

Sobald er außer Hörweite ist, wende ich mich an Gideon: »Was zur Hölle sollte das?«

»Ich möchte dir was erklären.«

»Was denn erklären?«

»Alles.«

»Warum?«, frage ich und versuche dabei, sein Motiv zu durchschauen. Warum interessiert er sich immer noch für mich? Warum hat er es immer noch auf mich abgesehen? Warum will er mir immer noch wehtun?

»Weil ich …«

Natürlich! Es geht mal wieder nur darum, was er will. Ich drehe mich um und will davonrauschen, bleibe aber stehen, als er sagt: »Nein, weil du das verdienst.«

Meine Wut verflüchtigt sich, wird abgelöst von leisem Misstrauen. »Weil ich was verdiene?«

Eine Grimasse verzerrt sein Gesicht. Seine Schultern fallen nach vorn, wodurch der ein Meter neunzig große Schwimmergott ungewöhnlich verletzlich aussieht. »Alles«, sagt er leise. »Jede einzelne Wahrheit, die hinter jeder einzelnen Lüge steckt, die ich dir je aufgetischt habe. Das verdienst du.«

Mein Herz setzt aus, Panik macht mir schwitzige Hände. Jede einzelne Wahrheit? Kann ich das verkraften? Will ich das überhaupt alles wissen? Obwohl, sind das nicht genau die Antworten, die ich jetzt schon so lange suche? Und wenn ich alle Erklärungen habe, kann ich dann nicht endlich mit Gideon abschließen?

»Wann hast du Dinah zum letzten Mal gesehen?«, platzt es aus mir heraus.

Sein Mund wird zu einem traurigen Bogen, einen Moment lang rechne ich mit einer weiteren Lüge. »Vor zwei Wochen«, gibt er zu.

Ich reiße die Augen auf. »Du hast sie vor zwei Wochen gesehen und bist echt so dreist, jetzt mit mir zu sprechen?« Ich bin durch mit ihm. So was von durch. »Verschwinde, Gideon. Hau bloß ab und komm nie wieder in meine Nähe. Das zwischen uns ist vorbei. Ab sofort kenne ich dich nicht mehr.«

Er stellt sich mir in den Weg. »Ich hätte dich anlügen können. Ich hätte dich anlügen können«, wiederholt er. »Ich hätte sagen können, dass ich Dinah seit Monaten, seit Jahren nicht gesehen habe, aber ich hab es doch vorhin erklärt – nur noch Wahrheiten, ganz egal, wie schmerzhaft. Ehrlichkeit ist hart, Sav, und zwar nicht nur, weil die Wahrheit oft wehtut, sondern weil man dafür selten belohnt wird. Nimm doch einfach diesen Moment hier als Beispiel. Hätte ich gelogen, wärst du nicht kurz davor, wegzurennen. Hätte ich gelogen, wärst du nicht wütend.«

In seinen Worten steckt spürbare Wahrheit und Schmerz, was mich nur noch wütender macht. Ich trete näher an ihn heran, hebe meine Faust drohend vor sein Gesicht und wünsche mir, ihm auch nur einen Bruchteil der Schmerzen zufügen zu können, die er mir zugefügt hat. »Ich bin aber wütend. Wegen allem. Weil du mich betrogen hast. Weil du mich belogen hast. Ich bin wütend, dass du dich gerade erst mit Dinah getroffen hast. Es gibt so vieles, worüber ich wütend bin, es ist schwer, das alles in einem Atemzug aufzulisten.«

»Ich weiß.«

»›Ich weiß‹? Das ist alles, was dir dazu einfällt?«

»Nein, ich möchte dir alles erklären, aber wir wissen beide, dass das nichts von dem rechtfertigt, was ich getan habe. Es wird die Vergangenheit nicht magisch auslöschen, aber wenn du alles hören willst, dann möchte ich es dir erzählen.« Er breitet die Arme aus. »Frag mich, was du willst. Frag mich, warum Dinah vor zwei Wochen hergekommen ist. Frag mich, was los war, wenn ich mal wieder überstürzt von dir aufbrechen musste. Frag mich, warum ich hier stehe, bereit, mich vor dir zu demütigen. Frag mich alles, was du willst – aber geh nicht.«

»Dann verrat mir etwas.« Ich spreche so leise, dass ich mich selbst kaum verstehen kann, die Worte kommen mir aus tiefstem Herzen. »Verrate mir, warum du dich für sie entschieden hast statt für mich.«

Neuntes Kapitel

GIDEON

Drei Jahre zuvor

»Verdammt, Sav, ich kann gerade nicht vorbeikommen. Ich ignoriere dich nicht, ich muss hier nur ein paar Sachen regeln. Kannst du das nicht einfach akzeptieren?« Ich umklammere das Handy fest. Warum begreift sie denn nicht, dass ich, hätte ich die Wahl, jetzt bei ihr wäre? Als würde ich lieber Zeit mit meinen lauten, unerträglichen kleinen Brüdern verbringen, als in Savs so gut riechendem Zimmer unter den transparenten Vorhängen zu liegen, die das Kopfende ihres Bettes umgeben.

Mom hat sich mal wieder betrunken, und ich muss verhindern, dass sie Easton findet. Reed und ich versuchen, den Jungen von ihr – und vom Alkohol – fernzuhalten. Wenn wir ihn allein lassen, wird sie ihn nur dazu bringen, ihr mehr Pillen zu besorgen.

»Tut mir leid, Gideon. Ich wollte dich nicht aufregen.«

Die unnötige Entschuldigung lässt mich fast platzen. Am liebsten würde ich alles, was bei mir zu Hause falschläuft, rausbrüllen, aber ich kämpfe dieses Verlangen zurück, bis der Wunsch wieder sicher verstaut und verkorkt ist.

»Mach dir keine Gedanken«, lüge ich. »Ich werde einfach mit meinen Brüdern Videospiele spielen.«

»Videospiele? Du spielst mit deinen Brüdern, statt zu mir zu kommen? Verstehe ich das richtig?«

Ich ringe mir ein Lachen ab. »Ja, klingt verrückt, oder? Aber ich hab vergessen, dass ich Easton das versprochen hatte.«

»Soll ich mit ihr reden?«, flüstert Dinah hinter mir. Allerdings ist es gar kein wirkliches Flüstern. Ich lege schnell die Hand über das Handy, aber trotzdem zu spät.

»Wer ist bei dir?«, will Sav wissen.

»Niemand.« Wütend versuche ich, Dinah mit einer Geste zu verscheuchen. Die verdreht darüber nur die Augen.

Sav reagiert nicht sofort. Sie weiß, dass ich gelogen habe. Ich weiß, dass sie das weiß, trotzdem sage ich nichts. Dass sie mein mieses Verhalten einfach akzeptiert, macht mich unangemessen wütend. *Schrei mich an*, schäume ich im Stillen. *Stell mich doch endlich zur Rede, sag mir, dass ich ein Arsch bin.*

Natürlich tut sie nichts dergleichen.

»Also gut, Gideon. Melde dich einfach, wenn es passt.«

»Bis dann, Sav.«

»Ich liebe dich«, sagt sie schnell, ohne zu wissen, dass sie damit das Messer nur noch tiefer in die Wunde rammt.

Ich presse dieselben Worte hervor und lege auf. Dann drücke ich mir die harte Schale des Handys gegen die Schläfe, in der Hoffnung, das werde den schrecklichen Kopfschmerz lindern, der sich langsam ausgebreitet hat.

»Du tust das Richtige«, sagt Dinah. »Wenn du das arme, unschuldige Mädchen in diesen Mist mit reinziehst, bekommt sie nur das Gefühl, dass sie dafür mitverantwortlich ist. Und das würde doch deine sowieso schon schwere Bürde noch vergrößern.«

»Meine sogenannte Bürde ist mir scheißegal«, murmle ich. Ein Punkt zwischen meinen Schulterblättern fängt an zu jucken. Es ist mir unangenehm, dass Dinah mir so auf der Pelle hockt, aber die Frau scheint einfach keine Grenzen zu kennen. Sie übertritt meine permanent.

Dinah legt mir den Arm um die Schultern, sodass ihre Hand über meinem linken Brustmuskel schwebt. »Am besten schützt du sie, indem du sie von hier fernhältst. Das ist uneigennützig, Gideon. Etwas, das nur wenige Menschen zu tun bereit wären. Ich bewundere dich dafür.«

»Solltest du nicht. Ich fühle mich wie ein Haufen Scheiße.«

Ihre Fingernägel tippen gegen meine Brust. »Solltest du nicht. Und ganz bald wirst du ihr das alles erklären, und dann wird es ihr leidtun, dass sie überhaupt nur eine Sekunde lang wütend auf dich war.«

»Sie ist ja gar nicht wütend.« Ich schiebe mir das Handy in die Tasche. »Sie hat einfach nur Verständnis, das macht alles noch viel schlimmer.«

Dinah schnalzt mit der Zunge und rückt näher. »Das liegt daran, dass sie noch so jung ist. Wie alt ist sie noch mal?«

Ich verlagere das Gewicht, weil ich von ihr abrücken will. Gleichzeitig frage ich mich, wie viel ich ihr verraten kann. Als Sav und ich zusammenkamen, bin ich dummerweise davon ausgegangen, dass sie längst sechzehn ist. Was nicht zutraf. Sie wird erst nächsten Monat sechzehn, was bedeutet, dass ich mit einer Minderjährigen zusammen bin und dafür, seit ich im August achtzehn geworden bin, ohne Weiteres in den Knast wandern könnte. Aber das hier ist Dinah, die wird mich schon nicht verpfeifen. Es gibt schließlich noch größere und pikantere Royal-Familiengeheimnisse, die sie ausplaudern könnte.

»Sie ist fünfzehn. Im Dezember hat sie Geburtstag und wird sechzehn.«

Dinahs Augen werden groß, bevor sich ein verschlagenes Grinsen auf ihrem Mund ausbreitet. »Aber Gideon, ich wusste ja gar nicht, dass du auf verbotene Sachen stehst.«

»Tu ich ja gar nicht.« Ich betrachte sie finster. »Ich dachte halt, sie wäre älter.«

»Natürlich dachtest du das«, flötet sie. »Aber keine Sorge, ich halte dir den Rücken frei. Über diese Lippen kommt kein Sterbenswörtchen.« Sie fährt sich mit zwei Fingern über den Mund.

»Danke«, sage ich und bewege mich wieder ein Stück, um mehr Abstand zwischen uns zu bringen.

Aber Dinah rückt mir nach. Ihre Berührungen bringen mich immer in eine Verteidigungshaltung. Sie fühlen sich einfach nicht richtig an, aber ich weiß nicht, wie ich sie bitten soll, damit aufzuhören. Sie wird wissen wollen, warum, und darauf habe ich keine Antwort – da ist einfach nur das Gefühl, dass all diese Berührungen Savannah sicher was ausmachen würden. Aber wie weise ich darauf hin, dass Dinahs Brust auf meinem Arm liegt, ohne dabei unhöflich zu sein?

Noch dazu hat das bei Dinah ja nichts zu bedeuten. Sie will mir schließlich nur helfen. Mir ist schon aufgefallen, dass sie eher in die Kategorie körperbetont fällt, und ich werde sie sicher nicht kränken, indem ich mich wie ein Kind verhalte, das zu unreif ist, sich einen Kuss auf die Wange von einer Mutterfigur gefallen zu lassen.

»Ich bin immer für dich da, Gideon«, flüstert Dinah, ihre Lippen berühren dabei fast mein Ohrläppchen.

Ich weiß, dass sie das nicht zweideutig meint, aber

manchmal versteht mein Erbsenhirn das eben so. »Danke. Ich werde mal schauen, was es zu essen gibt.« Ohne ihre Reaktion abzuwarten, schüttle ich mich kurz heimlich und steuere die Küche an.

Sandra steht an der Kücheninsel und schneidet Zwiebeln. Zwei Töpfe stehen auf dem Herd, und in der Küche riecht es so gut, dass mein Magen sofort losknurrt.

»Was gibt's heute?«, frage ich und setze mich auf die Arbeitsfläche.

»Hähnchen mit Parmesankruste.«

»Lecker. Dann sag ich den anderen Bescheid. Wann sollen wir alle unten sein?«

»In vierzig Minuten«, antwortet sie.

»Großartig. Du bist die Beste, Sandy.« Ich umarme unsere Köchin schnell von der Seite und mache mich auf den Weg zur hinteren Treppe.

Mein Fuß steht schon auf der untersten Stufe, als Sandra sich räuspert.

»Ja?« Ich schaue mich über die Schulter nach ihr um.

Sie zögert und fragt schließlich: »Wird Ms Dinah zu uns stoßen?«

»Isst sie etwa?«, scherze ich. Dinah ist spindeldürr. Abgesehen von Wodka habe ich sie bislang nichts zu sich nehmen sehen.

»Ich hab in letzter Zeit mehr für sie als für Ms Maria gekocht«, beklagt sich Sandra. »Ich mache mir Sorgen.«

Worüber? Dass Mom zu wenig oder Dinah zu viel isst? Aber das zu fragen, wäre ungefähr genauso sinnvoll, wie jemanden mit zwei Stangen Dynamit zu fragen, welche er zuerst anzünden will. Beides wird nur mit einer unnötigen Heulattacke enden.

»Sie will nur helfen«, verteidige ich sie. Dinah war es schließlich, die Dr. Whitlock hergebracht hat, nachdem ich meine Vorbehalte geäußert hatte, Mom ins Krankenhaus zu fahren. Mom fände es fürchterlich, wenn alle von ihrem Zustand erfahren würden.

»So nennt man das heutzutage?«, murmelt sie.

Weil ich nicht weiß, wie sie das meint, belasse ich es dabei und gehe hinauf. Kaum oben, wundere ich mich dann doch. Sehen mich andere zusammen mit Dinah und glauben, da läuft was? Nein, natürlich nicht, versichere ich mir selbst. Die Frau ist fast ein Jahrzehnt älter als ich. Außerdem ist Steve mein Onkel, was Dinah unweigerlich zu meiner Tante macht. Sie ist nichts weiter als eine nette Verwandte, die meiner Familie in schweren Zeiten unter die Arme greift.

Im Grunde genommen glaube ich Dinah nämlich. Wenn ich Sav erzählen würde, was hier bei uns abgeht, würde sie nur ein Magengeschwür bekommen. Da ist es doch besser, das erst mal für mich zu behalten. Wenn wir alles geregelt haben, erzähle ich ihr davon. Besser um Verzeihung bitten als um Erlaubnis, stimmt's?

Stimmt.

Zehntes Kapitel

SAVANNAH

Drei Jahre zuvor

»Warum guckst du so verkniffen?«, fragt Lydia Scully und richtet den tausend Dollar teuren Hermès-Schal, den sie sich um das Haar gewickelt hat.

Shea und ich wurden eingeladen, nach der Schule mit zu Lydia zu kommen. Bislang gab es nur langweiliges Geplapper über Mode, aber weil jetzt plötzlich die Aufmerksamkeit aller auf mir lastet, bin ich weniger gelangweilt als vielmehr peinlich berührt.

»Stirnrunzeln ist nicht gut. Davon bekommt man Falten«, sagt Ginnie. Francine neben ihr nickt. Die drei bilden den Kern von Jordan Carringtons Mädelsclique. Alle nennen sie die Pastellmädchen. Sie selbst glauben, das liegt daran, dass sie – wenn sie nicht in der *Astor-Park*-Schuluniform stecken – ostereifarbene Klamotten tragen. Dabei liegt es daran, dass ihre Persönlichkeiten blass und konturlos sind. Sie selbst haben keine Farbe, was immer sie ausstrahlen, ist nur das, was sie unhinterfragt von Jordan weitergeben.

»War mir gar nicht bewusst, dass ich die Stirn runzle«, sage ich unbeholfen.

»Tust du aber«, informiert Lydia mich. »Beziehungsprobleme? Versteh mich nicht falsch, aber das würde mich nicht wundern, schließlich bist du mit Gideon Royal zusammen. Der wäre für jede eine Herausforderung, aber für eine Zehntklässlerin umso mehr.« Sie starrt auf ihre manikürten Nägel, als hätte sie keinerlei Interesse an meiner Antwort, dabei weiß ich, dass sie sich nichts sehnlicher wünscht als irgendwelche saftigen Infos über Gideon.

Das tun sie alle. Selbst Jordan, die gerade einem ihrer drei Freunde textet, interessiert es brennend, wie ich es geschafft habe, mir einen der Royals zu angeln.

Die Jungs waren bisher schwer zu fassen. Keiner der älteren Brüder hatte bislang eine ernsthafte Beziehung, deshalb will jede wissen, warum ausgerechnet ich bei einem gelandet bin. Ganz so, als wüsste ich einen geheimen Kniff, mit dem sich ein Royal an die Kette legen lässt.

»Ich kann es auch nicht fassen, dass ich mit ihm zusammen bin«, sage ich wahrheitsgemäß. Ich weiß selbst nicht, was Gideon an mir findet. Und, ganz ehrlich, ich fürchte, dass ich ihn schon wieder verliere.

Daher das Stirnrunzeln.

Auf dem Liegestuhl neben mir windet Shea sich ein bisschen. Aber nicht, weil es allmählich kühler wird, sondern weil ich bloß nicht den Eindruck erwecken soll, in meinem Leben sei irgendetwas nicht ganz wunderbar. Zuzugeben, dass ich nicht gerade selbstbewusst bin, was meine Beziehung angeht, verletzt in ihren Augen die Familienehre.

Ja, und? Die Wahrheit wird sich ja doch schnell genug herumsprechen, wenn er erst mit mir Schluss macht.

Lydia schnaubt. »Das kann niemand fassen.«

Das zu hören, tut weh. Ich schiele zu Shea, obwohl ich

weiß, dass sie es lieber hätte, ich würde die Klappe halten, aber ich könnte echt ein paar Ratschläge brauchen. Diese Mädels haben wesentlich mehr Erfahrung mit Jungs, als ich je haben werde, und damit meine ich nicht mal sexuelle Erfahrung. Sie daten einfach mehr. Außerdem ist Jordan unfassbar hübsch. Sie kriegt ständig die Nummern von irgendwelchen Typen. Letztens hat ein Mädchen sie auf der Straße angesprochen und gefragt, ob sie ein Model ist.

Die Pastellmädchen haben erzählt, dass Jordan während ihres Sommertrips nach Schweden jeden Tag Blumen ins Hotelzimmer geschickt wurden. Und zwar von einem Typen, mit dem sie buchstäblich nichts weiter zu tun hatte, als dass sie in einer U-Bahnstation mit ihm zusammengestoßen war. Zwei *Astor-Park*-Schüler haben sich was gebrochen, weil sie sie beeindrucken wollten. Der eine hat einen Skateboardtrick verhauen und sich dabei das Handgelenk zertrümmert, der andere ist gestürzt, als er auf ein noch nicht zugerittenes Pferd steigen wollte. Derzeit hat sie drei Typen gleichzeitig, die sich für sie zum Affen machen.

Über Gideon und mich zu sprechen, ist peinlich. Aber ich bin verzweifelt, weshalb ich den Mund öffne und drauflosplaudere. »Ich habe nicht nur keine Ahnung, warum Gideon sich für mich interessiert. Ich weiß nicht mal, wie ich ihn halten soll.«

Lydias Augen fangen an zu glänzen. Das ist richtig guter Klatsch, und sie ist dabei, als er zutage tritt. Sogar Jordans emsige Finger halten plötzlich still. Obwohl sie nicht zu mir rüberschaut, spüre ich, dass ihre Aufmerksamkeit ganz bei mir ist. Shea seufzt.

»Wart ihr schon im Bett?«, fragt Lydia.

»Das geht dich gar nichts an«, fährt Shea sie an.

»Was denn?«, tut Lydia ganz unschuldig. »Ich muss ja wohl mehr wissen, wenn ich helfen soll.«

Ich kann nicht verhindern, dass meine Wangen rot anlaufen. Das hier sind nicht meine Freundinnen. Es sind Mädels, mit denen ich meine Zeit verbringe, weil mein Dad darauf besteht und weil Shea sagt, sie sind gut für meinen Ruf an der Schule. Sie wirken wie ein Schutzschild, hat sie mir erklärt. Niemand wird Jordan angreifen, deshalb bin ich gleichzeitig auch geschützt.

Gideon taugt nicht wirklich zum Schutzschild, weil er ein Mann ist. Er kann ja weder in die Mädchenumkleide noch auf die Damentoilette oder auf die Privatpartys, wo die wahren Geschütze aufgefahren werden.

Man braucht einfach eine gute Mädelsclique, die einem den Rücken freihält, und obwohl es keine bessere als die von Jordan gibt, heißt das ja noch lang nicht, dass ich meine intimsten Geheimnisse mit ihnen teilen will.

»Er hat keinen Grund zu klagen«, ist die beste Antwort, die mir einfällt.

»Also macht sie's mit ihm«, schlussfolgert Lydia.

Mache ich nicht, aber ich werde einen Teufel tun und sie verbessern. Das würde sie mir sowieso nicht glauben.

»Schick ihm ein Foto. Ein sexy Foto«, schlägt Francine vor. »Torin fährt da voll drauf ab.«

»Das ist ziemlich dumm«, sagt Shea sofort. »Sobald Torin und du euch trennt, schickt er die Fotos an zwanzig andere Typen weiter, die sie wiederum mit zwanzig anderen Typen teilen, bis aus dir ein Meme gemacht wird, das beweisen soll, wie dumm Mädchen sind.«

»Vielen Dank auch, Bitch.« Francine funkelt Shea an. »Torin und ich werden uns nicht trennen. Wir lieben einander.«

»Sei nicht sauer auf Shea«, meldet sich nun Jordan zu Wort. Sie lächelt meine Schwester an, und fast zucke ich zusammen, als ich sehe, wie giftig ihr Blick ist. »Sie weiß es halt nicht besser. Erinnerst du dich nicht, was für eine schlimme Erfahrung sie mit Dooley machen musste? Wenn mir das passiert wäre, würde ich auch niemandem mehr ein Foto von mir schicken. Aber nicht jeder Kerl will seine Ex so demütigen wie Dooley. Da hat Shea einfach eine sehr schlechte Wahl getroffen.«

Wenn Jordan mich so attackiert hätte, ich läge blutend am Boden. Aber Shea lächelt nur zurück, als hätte Jordan nicht gerade Salz in eine alte Wunde gekippt. »Vielleicht nicht«, sagt sie kalt, »aber warum das Risiko eingehen?«

Die Sache mit Dooley ist vor zwei Jahren passiert. Shea war in der Neunten und auf Klassenfahrt, Matthew Dooley schon in der Zwölften. Die beiden haben heftigst geflirtet. Shea hat ihm ein Foto von sich geschickt, das sie auf Francines Jacht zeigte. Allerdings war ihr nicht bewusst gewesen, dass sie sich mit dunklem Saft bekleckert hatte. Auf ihrem weißen Badeanzug prangte ein dunkelroter Fleck an einer sehr ungünstigen Stelle. Dooley hat das Foto auf Instagram geteilt, vorher aber noch einen Hai in den Hintergrund gephotoshopt. Darüber stand: »Haie riechen über große Entfernungen schon kleine Mengen Blut. Passt da draußen auf euch auf. #haifischköder #tanterosasrache #weißisteinverräter.«

Shea wurde in den folgenden sechs Monaten von allen und jedem an der *Astor* gehänselt und gedemütigt. Wenn ich so drüber nachdenke, hat sie sich ungefähr zu dem Zeitpunkt Jordans Gefolge angeschlossen. Das war, noch bevor Dad uns aufgefordert hat, ihr in den Hintern zu kriechen.

»Ach, lass der Kleinen doch ihren Spaß«, sagt Jordan. Sie lehnt sich über Francine, um mich direkt anzusprechen. »Die traurige Wahrheit ist, dass Jungs extrem visuell veranlagt sind. Wenn er schon eine nackte Frau betrachten muss, warum dann nicht dich? Du siehst umwerfend aus, Savannah. Besser, er fantasiert über dich, als über Olivia Munn, oder?«

Alle außer Shea nicken. Selbst ich bin allmählich überzeugt.

Trotzdem spürt Jordan wohl meine noch nicht hundertprozentige Entschlusskraft und legt noch einmal nach. »Wenn du Gideon nicht genug vertraust und denkst, er könnte dein Nacktfoto weiterleiten, dann solltest du gar nicht mit ihm ausgehen. Und erst recht nicht mit ihm schlafen. Füttere die Bestie.«

»Da hat sie nicht ganz unrecht«, sagt Francine. Die anderen beiden Pastellmädchen nicken zustimmend.

Shea hat genug von dieser Unterhaltung. »Wo wir gerade von Pärchen sprechen, die nicht passen: Habt ihr gesehen, wie Abby letztens Reed hinterhergehechelt hat?«, fragt sie und wirft damit blutige Köder aus. Die Haie stürzen sich nur zu gern darauf, und schon geht es um etwas anderes als um Gideon, mich und nackte Selfies.

Später im Auto knöpft Shea sich mich noch einmal vor. »Mach das bloß nicht. Ihr seid doch gerade erst zusammengekommen, wenn er wirklich rumstreunt, dann wirkt es nur verzweifelt, ihm auch noch Nacktfotos zu schicken. Und was, wenn er sie Three oder sonst wem zeigt?«

»Das würde er nicht tun.« Gideon ist keiner, der rumprahlt. Er spricht nicht mal über seine Schwimmerfolge, und wenn doch mal jemand darauf hinweist, dann spielt er das alles herunter und behauptet, er sei auch nur Teil eines Teams.

Shea schürzt die Lippen und verdreht die Augen, womit sie verdeutlichen will, dass ich nichts Dümmeres hätte sagen können. »Genau. Er würde ja auch nicht fremdgehen oder dir das Herz brechen.«

»Er geht nicht fremd, und meinem Herzen geht es sehr gut, vielen Dank!« Aber ich schaue ihr bewusst nicht in die Augen.

»Himmel, du machst das also?«

»Ich hab mich noch nicht entschieden.«

Shea kennt mich zu gut. Weil ich nicht sofort widerspreche, hätte ich genauso gut gleich Ja sagen können.

»Dann hoffen wir mal, dass Dad bereit ist, für deinen Aufenthalt an einem Internat in der Schweiz zu zahlen, denn da wirst du hinmüssen, wenn sich deine Nacktfotos erst verbreitet haben.« Sie jagt den Wagen über eine Kreuzung.

Ich seufze. »Na, vielen Dank für diesen Vertrauensbeweis.«

»Hast du noch nie was von Rachepornos gehört? Die gibt es wirklich, und schön ist anders. Jetzt seid ihr glücklich, aber sobald sich das ändert, kann er dann ein Foto von dir ins Internet stellen, wo es für ewig bleiben wird. Wenn du dich irgendwann mal für eine Stelle bewirbst, wird jemand deinen Namen in die Bildersuche eingeben und als Allererstes deine Möpse finden.«

»Das wird nicht passieren.« Aber ich sage das mit weit größerer Überzeugung, als ich spüre.

Nach dem Abendessen bekomme ich eine Nachricht von Gideon.

Was machst du?

Lernen. Starre Löcher in mein Chemiebuch. Ich hasse Chemie. Und du?

Hänge mit meinen Brüdern ab.

Und dann, als würde er meine Verunsicherung spüren, schickt er ein kurzes Video hinterher, aufgenommen im Fernsehzimmer der Royals. Irgendein Spiel wird über einen

Beamer auf eine Leinwand geworfen. Ich erkenne Easton, der auf dem Boden liegt, und die Hinterköpfe der Zwillinge. Am Ende winkt Reed mit zwei Fingern. Er muss neben Gideon sitzen.

Willst du herkommen?

JA!, schreie ich innerlich, aber er verbringt schließlich gerade Zeit mit seinen Brüdern, da will ich nicht stören.

Noch zu viele Hausaufgaben:(

Verstehe. Du fehlst mir aber. Wollen wir am WE irgendwo hinfahren? Mit der Jacht? Nur du und ich?

Mein Herz flattert wie verrückt.

JAA!

Zur Antwort kommt ein Foto von seinem Daumen. Jetzt flattern andere Teile meines Körpers.

Schick mir ein Selfie. Mir fehlt dein schönes Gesicht

Du zuerst, schreibe ich zurück. Er ist ziemlich groß darin, Fotos von anderen zu machen. Aber er überrascht mich und schickt mir eine dunkle, grobkörnige Aufnahme von sich. Er hebt darauf eine Augenbraue und berührt mit der Zunge seine Oberlippe. Ich bin tot.

Wie unanständig, tippe ich zurück. Tu die Zunge sofort wieder rein, bevor du mich damit umbringst.

Ich muss mein Mädchen doch füttern

Auch wenn das ein Zufall ist, so sind seine Worte ein Echo dessen, was Jordan vorhin gesagt hat. Sie hat recht. Wenn ich Gideon nicht vertrauen kann, warum bin ich dann überhaupt mit ihm zusammen?

Ich flitze ins Bad und ziehe mich bis auf die Unterwäsche aus. Selbstverständlich passen Slip und BH nicht zusammen. Der Slip ist hautfarben, der BH weiß mit rosa Punkten. Was hab ich mir denn dabei gedacht?

Ich entledige mich schnell des BHs und halte das Handy hoch.

Nein, ich bin noch nicht so weit, ein barbusiges Foto zu machen. Babyschritte, mahne ich mich.

Ich hole mir ein eng anliegendes Tanktop und einen frischen Slip, beide schwarz, und kehre zurück ins Bad. Ich schieße ein Foto und begutachte es. Der Blitz wird vom Spiegel zurückgeworfen – und was ist das? Zahnpastaspritzer? Nee, das kann ich auf gar keinen Fall schicken!

Mein Handy vibriert. Eine neue Nachricht von Gideon.

Lebst du noch?

1 min, antworte ich.

Verzweifelt schaue ich mich um. Mein Zimmer ist sauber und das Bett ziemlich sexy als Hintergrund. Wieso mache ich das Foto nicht da?

Ich staple vier dicke Bücher auf meinem Tisch übereinander, stelle den Selbstauslöser ein und lehne das Handy daran. Dann husche ich ins Bett, knie mich hin und versuche, besonders verführerisch zu gucken. Als es geblitzt hat, hüpfe ich wieder zum Tisch und betrachte die Aufnahme.

Nicht sexy genug. Eigentlich gar nicht sexy, ich seh aus, als hätte ich Verstopfungen. Vielleicht sollte ich lächeln?

Ich stelle noch einmal den Selbstauslöser an und springe wieder aufs Bett. Diesmal stecke ich einen Finger seitlich unter das Top und ziehe es hoch, damit man meinen Bauch und meinen Hüftknochen sehen kann. Und ich lächle dazu.

Wieder prüfe ich das Ergebnis. Ist schon okay, aber ich sehe immer noch irgendwie unbeholfen aus. Also mache ich noch ein paar mehr. Manche ohne Top. Manche im Liegen. Manche ganz nackt. Die ganz nackten klammere ich sofort aus. Um die zu schicken, fehlt mir noch ein bisschen Selbstbewusstsein, vor allem was meinen Körper angeht. Aber eins von den zwanzig Selfies, die ich geschossen habe, ist ganz brauchbar.

Mein Kopf ist halb abgeschnitten, aber man kann trotzdem noch erkennen, dass ich das bin. Der eine Träger meines Tops rutscht mir von der Schulter, der Slip sitzt sehr tief auf den Hüftknochen. Mit dem einen Arm fasse ich die Haare hinter meinem Rücken zusammen, den anderen strecke ich nach dem Bett aus.

Ich wähle noch einen weichen Filter, und dann schicke ich es ab, bevor ich es mir anders überlegen kann.

Es kommt nicht sofort eine Reaktion.

Entmutigt sinke ich zurück aufs Bett. Vielleicht hätte ich doch ein anderes Foto nehmen sollen. Ich gehe sie noch einmal durch. Ich hätte ein bisschen mehr mit dem Licht spielen können. Oder extra Unterwäsche besorgen. Himmel, bin ich plötzlich unsicher. Vielleicht hätte ich es doch nicht schicken sollen. Vielleicht –

Mein Handy klingelt. Es ist Gideon.

Mir schlägt das Herz bis zum Hals, als ich antworte. »Ja?«

»Wie viele Hausaufgaben hast du noch vor dir?«, fragt er gepresst.

»Wie bitte?« Ich schicke ihm ein sexy Selfie, und er fragt ernsthaft, wie weit ich mit den Hausaufgaben bin? Was bin ich denn für eine Versagerin? War das wirklich so übel?

»Wie viele Hausaufgaben hast du noch vor dir?«, wiederholt er.

»Vielleicht noch eine oder zwei Seiten lesen.«

»Ich bin in zehn Minuten bei dir«, sagt er.

»Bitte?« Ich bin so verwirrt. »Warum?«

»Warum? Weil ich sterbe, wenn ich dich nicht in den nächsten zehn Minuten anfassen kann.«

Darauf folgt nichts als Stille, er hat aufgelegt. Und ist in zehn Minuten hier! Vor lauter Vorfreude werfe ich das Handy in die Luft. Und dann wird es mir schlagartig bewusst. Er ist in zehn Minuten hier!

Ich springe auf und renne ins Bad. Ich schätze, Jordan hatte recht. Mit scharfen Selfies erobert man die Herzen der Männer.

Elftes Kapitel

SAVANNAH

Drei Jahre zuvor

Ich habe viel zu viel Krempel, fällt mir auf, als ich durch mein Zimmer hetze. Bücher stapeln sich neben meinem Schreibtisch. Auf dem Regal im Bad steht mehr Make-up, als man im Müllcontainer hinter jeder Drogerie finden könnte.

Ich schiebe alle Klamotten, die auf dem Boden verstreut liegen, in meinen Kleiderschrank. Dreimal muss ich gegen die Tür treten, bis sie endlich zugeht. Mein Schminktisch hat nur zwei kleine Schubladen, deshalb schubse ich einfach alles Kosmetikzeugs in die Badewanne und ziehe den Duschvorhang zu. Weil ... Gideon wird ja wohl kaum ein Bad nehmen oder in meinen Kleiderschrank schauen wollen, oder?

Ich schlüpfe in sehr kurze Schlafshorts und einen übergroßen Kapuzenpulli, weshalb es aussieht, als würde ich nichts darunter tragen. Der Pulli ist für Gideon und die Shorts, damit ich mich wohlfühle.

Mein Handy piept.

Da, mehr steht nicht in der Nachricht.

Ich stürze aus dem Bad und renne zur Tür. Meine Hand liegt auf dem Türknauf, als ich ein Räuspern hinter mir höre. Sofort fahre ich herum, und da steht Gideon, vielmehr lehnt er an der Wand zwischen meinen beiden Zimmerfenstern.

Ich keuche. Also, ehrlich gesagt ähnelt das Geräusch eher einem Kreischen. »Wie bist du hier reingekommen?«, flüstere ich.

Einen Mundwinkel angehoben deutet er mit dem Daumen auf eines der Fenster. Mit aufgerissenen Augen eile ich hin und schaue hinaus. Wie die meisten Südstaatenhäuser verfügt auch dieses über Balkone, die beiden vor meinen Fenstern sind jedoch nur französische, also vielleicht dreißig Zentimeter breite, mit wuchtigen, schmiedeeisernen Geländern versehene Absätze, die lediglich zum Anschauen gut sind. Dort sollte man sich weder draufstellen noch draufklettern.

Ich versuche, seinen Weg zu rekonstruieren. Unten der Garten, dann das Regenrohr, dann ein Rankgitter, an dem sich eine Weinpflanze hochschlängelt. Das Rankgitter besteht aus Zedernholz, ist aber nicht weiter im Boden verankert. Der Junge, der den Rasen mäht, rammt da immer dagegen, sodass es jedes Mal schief steht. Daddy klagt dann stets darüber, dass er jeden Sonntag den äußeren Pfosten richten muss.

Argwöhnisch betrachte ich Gideon. »Das hast du nicht wirklich gemacht?«

»Oh doch«, bestätigt er selbstgefällig. Die Arme hat er vor der Brust verschränkt, weshalb seine Muskeln hervortreten und mir das Wasser im Mund zusammenlaufen lassen. »Aber ich muss ehrlich sagen, dass es leichter wäre, wenn da ein Baum vor deinem Fenster stünde. Vielleicht sollten wir einen pflanzen.«

»Klar. Den kannst du dann in, sagen wir, zehn Jahren nutzen oder so.« Es gelingt mir, einen leichten Ton anzuschlagen, obwohl ich total aufgeregt bin über das, was er da angedeutet hat. Glaubt er wirklich, dass wir so lange zusammenbleiben werden?

Über die Vorstellung, auch noch in vielen Jahren mit Gideon zusammen zu sein, so lange, wie es dauert, bis ein Setzling zum ausgewachsenen Baum wird, würde ich nur zu gern in Jubel ausbrechen. Aber ich kann mich beherrschen und diese hitzige Vision hinter gespielter Coolness verbergen. Schlimm genug, dass ich ihm das Selfie geschickt habe, noch verzweifelter muss ich wirklich nicht rüberkommen.

»Bambusbäume sind innerhalb von sechzig Tagen komplett ausgewachsen«, sagt er, während er das Zimmer durchschreitet und vor meinem Bett stehen bleibt. Er entledigt sich seiner Schuhe und legt sich hin, verschränkt die Hände hinterm Kopf und erweckt mit seinem gesamten Verhalten den Eindruck, als wäre er hier zu Hause.

Ich krabble aufs Bett und lege mich ebenfalls hin, lasse aber genug Platz, dass noch jemand zwischen uns passen würde. »Mom würde den abschlagen, bevor er kniehoch wäre. Bambus passt nicht zu ihrem vorherrschenden Südstaatenthema im Garten.«

»Deine Mom liebt den Süden mehr als Waschbären den Müll.«

»Da sagst du was.« Meine Mutter ist in Connecticut geboren, will aber durch nichts an ihre Herkunft erinnert werden. In ihrer Vorstellung hat ihr Leben mit der Immatrikulation an der *Mississippi State* begonnen. Seit ihrem ersten Semester versucht sie, sämtliche Spuren ihrer Vergangenheit zu vernichten. Allerdings wird meine Oma meinen Vater nie vergessen lassen, dass er eine Nordstaatlerin geheiratet hat.

Gideon tätschelt die Decke zwischen uns. »Erwarten wir noch jemanden?«

»Nein. Aber mit dir hatte ich auch nicht gerechnet.« Ich rutsche an ihn heran. Er fädelt seinen Arm unter meinem Hals hindurch und drückt meinen Kopf in die leichte Kuhle unter seinem Schlüsselbein.

Er ist warm und einladend. Sein anderer Arm schlingt sich um meine Taille. »Ich konnte mich einfach nicht von dir fernhalten.«

Was für süße Worte. Hier, sicher in seinen Armen, frage ich mich, warum ich mir überhaupt Sorgen gemacht habe. Er liebt mich. Das weiß ich. Er würde mich nicht so halten, wäre es nicht so.

»Gibt es einen bestimmten Grund dafür, dass du nicht durch die Haustür gekommen bist?«, frage ich und bemühe mich um einen beiläufigen Ton, obwohl mir ganz klamm ums Herz wird.

»Wo bleibt denn da der Spaß?«

»Gute Frage.« Trotzdem stört es mich. Warum klingelt er denn nicht einfach? Will er sich vor meinen Eltern verstecken? »Meine Eltern lieben dich, das weißt du doch, oder? Denen macht es nichts aus, ob du hier bist oder nicht.«

Er zuckt nur mit den Schultern. Ich spüre die Bewegung unter meinem Kopf und der Hand.

»Schon klar. Aber dann muss ich den guten Jungen mimen. Tee mit deiner Mom trinken. Mir den schlechten Witz von deinem Dad anhören, dass er mir ja was Stärkeres anbieten würde, wenn ich nur alt genug wäre. Und dann kämen die Fragen nach meinen Eltern und warum die nie ausgehen. Aber ich bin doch deinetwegen hier, nicht weil ich mich mit deinen Eltern unterhalten möchte.«

Das verstehe ich. Wirklich. Es ist anstrengend, mit meinen Eltern zu plaudern. Ich sollte es nicht persönlich nehmen, dass er darauf keine Lust hat. Alles, was Gideon nicht machen will, hat Sheas letzter Freund gemacht, und der hat sich als riesiger Arsch entpuppt.

»Wollen wir Sport gucken?«, schlage ich vor.

»Nee.« Trotzdem nimmt er die Fernbedienung vom Nachttisch und schaltet den Fernseher ein. *Real Housewives of Beverly Hills* erscheint auf dem Bildschirm.

Ich sacke ein bisschen in mich zusammen, weil ich mich unweigerlich frage, ob ich etwas Intelligenteres gucken sollte. Irgendwas Cooleres als eine Realityshow über reiche Frauen und möchtegernreiche Frauen, die sich die ganze Zeit über streiten.

Doch dann sagt er: »Ich mag lieber die aus New York.«

Ich stütze mich auf einen Ellbogen und schaue ihn überrascht an. »Im Ernst?«

»Ja, besonders mag ich die ganz Dünne. Die ist klug.«

»Aber auch ziemlich fies.«

»Das liegt sicher daran, dass sie immer die ärmste von ihnen allen war und deshalb um Respekt kämpfen musste. Ihr ist einfach nicht bewusst, dass sie jetzt, wo sie Geld hat, niemandem mehr unterlegen ist. Trotzdem hat sie immer noch das Gefühl, und darum verhält sie sich so.«

»Oh.« Mit so viel Verständnis und Einsicht hatte ich nicht gerechnet. »Eine Form von Überkompensation, ganz wie bei meiner Mom.«

»Nicht nur bei deiner Mom, das sehe ich bei ziemlich vielen Frauen.« Mehr sagt er nicht, aber es ist unverkennbar, dass ihm das sympathisch ist.

Wirklich liebenswert, wie aufmerksam und rücksichtsvoll er ist. Ganz anders als Sheas Ex, hab ich's nicht gesagt? Ganz anders als die meisten anderen darüber hinaus. Ich kuschle mich wieder an ihn. Während wir den Frauen dabei zusehen, wie sie so tun, als würden sie essen, dazu aber Unmengen trinken, sich zanken, shoppen und noch mehr trinken, findet sein Daumen ein Stück frei liegender Haut zwischen Kapuzenpulli und Shorts.

Die leichte Berührung macht mich ganz atemlos. Ich vergesse die Frauen im Fernsehen mit ihren belanglosen, aber süchtig machenden Zickereien, kann nur an das kleine Fleckchen meiner Haut denken, das er da streichelt. Sein Daumen streift vor und zurück, vor und zurück. Sehr langsam. Der Rest meines Körpers wird eifersüchtig, will die gleiche Aufmerksamkeit, dasselbe elektrisierende Gefühl.

Aber er geht nicht weiter, scheint zufrieden mit dem kleinen bisschen nackter Haut. Mir reicht es aber nicht. Ich will mehr. Wie immer, wenn ich mit ihm zusammen bin. Ich will immer mehr.

Langsam schiebe ich den Pulli hoch, lege mehr Haut für ihn frei. Nun berührt seine Handfläche meine Taille. Er breitet die Hand aus, sein Zeigefinger streckt sich bis über meinen Bauchnabel, sein kleiner Finger findet die Falte, die mein Bein und meine Hüfte bilden. Seine Fingerspitzen wandern unter das Gummiband meiner Shorts und streicheln mir über den Hüftknochen.

Mein Mund wird trocken.

Ich schlucke schwer, während mir das Blut durch die Adern schießt und zu brodeln scheint. Auch sein sonst immer regelmäßiger Herzschlag nimmt Fahrt auf. Gideon greift nach meiner Hand und legt sie sich auf die Brust.

»Du darfst mich auch anfassen, das weißt du hoffentlich«, flüstert er.

Ich fahre zögerlich mit dem Finger über sein Schlüsselbein, das noch von seinem T-Shirt bedeckt ist, lasse ihn kurz am Ende des Knochens verweilen, bevor ich ihn bis in die Kuhle am Hals führe. Sein Oberkörper ist ein einziger harter Muskel, geformt von täglichem Training. Selbst durch den Stoff ist es ein Leichtes, seine Bauchmuskeln zu erkennen. Sein Brustkorb hebt und senkt sich mit jedem seiner zitternden Atemzüge.

Die Luft ist dünn. Das Atmen fällt uns schwer. Deshalb suchen wir wohl beide den Mund des anderen. Wir sind einander Sauerstoff. Er schmeckt süß, macht mich gleich süchtig nach mehr.

Seine Hand lässt die Shorts zurück und wandert hinauf, streift sanft über meine Rippen, und schließlich legen sich seine langen, eleganten Finger um meine eine Brust.

»Ist das okay?«, fragt er.

»Ja-a«, krächze ich.

Mein Körper fühlt sich anders an – unbekannt. Neu. Die Haut wie zusammengezogen, das Blut rauscht schnell, mir ist schwindelig. Ich rücke näher an ihn, alles von mir will alles von ihm berühren. Ich schiebe meine Beine zwischen seine. Meine linke Hand krallt sich in sein T-Shirt, meine rechte umklammert seinen Oberarm.

Er rollt sich auf mich. Schnell finde ich neue Stellen, an denen ich ihn berühren kann. Sein breiter Rücken krümmt sich, weil ich mit den Fingerspitzen über seine Schulterblätter fahre, die Wirbelsäule entlang, bis ich bei seinem Hosenbund angekommen bin. Ich spüre, wie er an meiner Hüfte vibriert.

Moment. Er vibriert?

Gideon scheint es auch zu spüren, denn sein Kopf schnellt hoch. Ich wimmere leise, weil unsere Berührung unterbrochen ist.

»Entschuldige«, sagt er und lässt sich dann neben mich plumpsen.

Frustriert beobachte ich, wie er in seine vordere Hosentasche greift und sein Handy herausholt. Ich versuche, den Namen auf dem Display zu entziffern, aber er wischt so schnell darüber, dass ich nichts wirklich erkennen kann.

»Was?«, bellt er ins Telefon.

Ich ziehe mir den Pulli runter. Im Spiegel über meinem Schminktisch erhasche ich einen Blick auf mich. Meine Haare sind total durcheinander von Gideons Fingern. Meine Lippen sehen geschwollen aus von dem unendlichen Kuss. Meine Pupillen sind groß und meine Wangen gerötet. Der Pulli hängt mir von der einen Schulter. Gideon hingegen sieht nicht anders aus als in dem Moment, in dem ich ihn am Fenster entdeckt habe.

Sein kurzes Haar ist so ordentlich wie immer. Sein T-Shirt nicht mal zerknittert. Und – das lässt mich am meisten verzweifeln – er sieht nicht im Geringsten so aus, als hätte er die letzten zehn Minuten mit mir rumgemacht. Sein Gesicht ist ausdruckslos, die gebräunten Wangen unverändert.

Ich rücke meinen Pulli zurecht.

»Ich bin beschäftigt«, sagt er.

Dass er sich so knapp ausdrückt, tröstet mich etwas. Er klingt nicht gerade glücklich darüber, unterbrochen worden zu sein. Trotzdem ist er ans Telefon gegangen. Ich vermute, mein Vater hätte in der Tür stehen können, ohne dass es mir aufgefallen wäre.

»Jetzt sofort?« Ein Runzeln tritt auf seine Stirn. »Okay, ich bin in zehn Minuten da.«

Moment, was?

Er beendet das Gespräch und steht auf. »Tut mir leid, Sav, ich muss leider los.«

»Aha«, ist alles, was ich rausbringe.

Er zieht sich die Schuhe an und richtet unnötigerweise sein T-Shirt. »Ich möchte nicht gehen, aber ich muss.«

»Aha.« Ich schlinge mir die Arme um den Körper.

Er kommt zu mir und drückt mich an sich. »Ich melde mich, sobald ich kann.«

»Hm.«

Hilflos fährt er sich mit der Hand durchs Haar. »Es tut mir wirklich leid, Baby.«

Ich schiebe ihn weg und gehe zur Tür. »Tschüss, Gid.«

Er starrt mich einen Moment lang an und schüttelt dann leicht den Kopf. Er murmelt etwas, während er geht, aber mich interessieren seine Ausflüchte und Entschuldigungen nicht mehr.

Ich knalle die Tür hinter ihm zu, werfe mich aufs Bett und kämpfe gegen Tränen der Wut und Enttäuschung an.

Hätte ich ihm das Foto doch nie geschickt.

Zwölftes Kapitel

GIDEON

Drei Jahre zuvor

»Wie geht es ihr?« Ich werfe meinen Schlüssel auf die Bank im Hauswirtschaftsraum, wo Dinah am Türrahmen lehnt und dabei zusieht, wie ich mir die Schuhe ausziehe und die Jacke aufhänge.

»Schläfrig. Ich glaube, sie hat eine Schlaftablette genommen.« Sie lockt mich vorwärts.

»Wo sind meine Brüder?«, frage ich und durchquere den kurzen Flur bis zur Küche.

»Reed ist mit allen dreien irgendwohin gefahren. *Xtreme* hieß das, glaub ich.«

»Das ist eine Art Spielhalle, wo auch Lasertag angeboten wird«, erkläre ich seufzend. Ich lasse den Kopf kreisen, im Versuch, die Anspannung ein wenig zu lockern.

Dinah streckt sofort die Arme aus, um mich spontan zu massieren. Ich versuche sie nicht zu direkt abzuschütteln. Sie will ja nur nett sein, und ich habe schreckliche Laune. Sav und ich hatten es richtig, richtig nett, aber statt weiter mit meiner Freundin auf ihrem so wohlriechenden Bett herumzuknutschen, sitze ich hier mit einer Frau fest, die irgendwie keine Grenzen kennt und extrem auf Körperkontakt aus ist.

In letzter Zeit hat sie sich jedoch um Mom gekümmert, weshalb ich ihre Berührung für ein paar Sekündchen aushalte, bevor ich schneller werde und mich aus Dinahs Griff befreie.

»Ich geh mal nach oben und schau nach ihr. Danke für alles.«

»Ich komme mit«, bietet sie an.

Ich fahre mir mit der Hand über den Mund. Nichts und niemand in meinem Leben hat mich auf eine solche Situation vorbereitet. Eine Situation, in der die eigene Mutter kurz vor einem kompletten Zusammenbruch steht, der eigene Vater nicht auffindbar ist und es sich bei dem einzigen Menschen, auf den man sich möglicherweise verlassen kann, um die Vorzeigefrau des besten Freundes des Vaters handelt.

»Nicht nötig, ich übernehme«, sage ich. Wink mit dem Zaunpfahl. Zeit für dich, nach Hause zu fahren.

Doch der entgeht Dinah völlig. Sie legt mir einen Arm um die Hüfte und drückt ihren klapprigen Körper an mich. »Es würde mir nicht im Traum einfallen, dich allein zu lassen, Gideon.«

In letzter Zeit scheint ihr jeder Vorwand recht zu sein, um mich anzufassen. Wenn ich mich ein bisschen wichtiger nehmen würde, läge der Schluss nahe, dass sie mich angräbt. Aber sie ist zu allen Männern so, angefangen bei Steve, ihrem Mann, bis hin zu unserem Hausmeister, der nur noch die Hälfte seiner Zähne hat.

Sanft rücke ich von ihr ab. »Also gut, trotzdem laufe ich schnell nach oben und schau mal, ob Mom irgendwas braucht. Hast du von Sandra was Gutes zu essen bekommen?«

Dinahs Lippen formen einen Schmollmund. »Nein. Sie hat gesagt, die Küche sei geschlossen. Ich glaube, sie kann mich nicht leiden.«

Ich *weiß* mit Sicherheit, dass Sandra sie nicht leiden kann, aber das werde ich Dinah wohl kaum ins Gesicht sagen. »Sandra ist halt ein Gewohnheitstier. Bestell dir doch was und setz es auf die Hausrechnung.«

»Was nimmst du?«

Eigentlich will ich ›Nichts‹ antworten, doch dann knurrt mein Magen laut. »Einen Doppelburger ohne Brötchen, dazu Bohnen und Reis.« Ich salutiere mit einem Finger. »Bis gleich.«

Ich nehme immer zwei Stufen auf einmal, doch als ich in Moms Zimmer ankomme, finde ich sie schlafend vor. Die Tabletten scheinen zu wirken. Auf ihrem Nachttisch liegen mehrere ihrer verschreibungspflichtigen Medikamente. Ich nehme die Schachteln in die Hand, um zu lesen, was genau das alles ist. Bikalm, Rivotril, Perindropil, Neurontin. Ich habe keine Ahnung, wofür die überhaupt sind. Ich lege alles zurück auf den Nachttisch und betrachte meine Mutter.

Sie ist wunderschön. Weder die Depressionen noch die Panikattacken haben Spuren auf ihrem Gesicht hinterlassen. Im Schlaf sieht sie sogar richtig friedlich aus. Wenn dieser Haufen an Medikamenten ihr hilft, dann kann ich das nur unterstützen.

Ich ziehe ihr die Decke bis zur Schulter hinauf und gebe ihr einen Kuss auf die Wange. Sie rührt sich nicht mal. Die Pillen müssen sie komplett umgehauen haben.

Unmut überkommt mich. Dafür musste ich extra nach Hause fahren? Mussten die Jungs wirklich aus dem Haus, nur weil sie eine Schlaftablette genommen hat? Was hat

Dinah sich denn dabei gedacht, mich anzurufen? Am Telefon klang sie, als wäre Mom total außer Rand und Band. Und jetzt finde ich sie hier so vor, tief schlafend wie ein Baby.

Ich könnte jetzt bei Sav sein. Meine Hand prickelt noch immer an der Stelle, die ihren warmen Körper berührt hat. Stattdessen stehe ich hier und schaue meiner Mom beim Schlafen zu. Ich schätze, ich sollte dankbar sein. Es ist leichter, wenn sie schläft – für uns alle. Ich weiß, wie scheiße es ist, das zu denken, aber es ist nun mal die Wahrheit.

Ich unterdrücke weitere rebellische Gedanken und ziehe mir den gepolsterten Stuhl ihrer Schminktischkombination heran. Wenn sie wach wird, sollte ich hier sein. Wenn auch nur um zu sehen, ob die Tabletten helfen. Ob der Therapeut, den Dinah empfohlen hat, auch was bewirkt. Ob das Leben dieser Familie vielleicht wieder zur Normalität zurückkehren wird.

Je eher Mom wieder auf den Beinen ist, desto eher kann ich mehr Zeit mit Savannah verbringen.

Ich strecke die Beine aus und angle das Handy aus der Tasche. Im Nullkommanichts ist die SMS-App geöffnet.

Sav so zurückzulassen war echt kacke. Ich weiß, dass sie das nicht verstehen konnte, aber – Mann – ich will sie in diesen Mist nicht reinziehen. Sie ist das einzig Gute und Unbelastete in meinem Leben gerade. Sie ist meine Zuflucht. Meine schöne, einsame Insel fernab des schrecklichen Urwalds, durch den meine Familie sich gerade schlagen muss. Das will ich nicht aufs Spiel setzen.

Tut mir leid, dass ich so überstürzt aufbrechen musste. Meiner Mom ging es nicht gut.

Kein Problem. Ist jetzt wieder alles okay?

Ja, sie schläft.

Gut. Lieb dich.

Lieb dich auch.

Für einen Augenblick verharren meine Daumen über dem Display. Dann scrolle ich hoch, um Savs Foto noch einmal anzuschauen. Verdammt, ist sie heiß. Auf dem Bild lächelt sie ein kleines bisschen, hat ein enges, schwarzes Top so hochgezogen, dass ich ihren flachen Bauch sehen kann, dazu trägt sie eine schwarze Bikinihose. Ich hatte sofort einen Ständer, als es auf dem Display erschien, und musste überstürzt das Zimmer verlassen, um mich nicht vor meinen Brüdern lächerlich zu machen.

Während ich so mit den Fingern über das Handy streife, fällt mir zum ersten Mal auf, dass beide ihrer Hände auf dem Foto sind. Meine Augen werden schmal. Bei einem Selfie sieht man doch eigentlich nur eine Hand.

Hat Shea das Foto gemacht?, texte ich.

Sie schreibt sofort zurück. Ist das dein Ernst? Die würde mich killen, wenn sie wüsste, dass ich dir ein sexy Selfie geschickt hab. Das war mit Selbstauslöser, du Dummi.

Gott sei Dank. Du hast gerade jemandem das Leben gerettet.

Haha. Schaust du's gerade an?

Babe, wenn ich das nur zu meinem Bildschirmschoner machen könnte! Aber ich will nicht, dass dich irgendwer so sieht.

Gut, ist nur für dich gedacht.

Als würde ich sie mit jemandem teilen wollen. Ich fahre noch einmal mit dem Daumen über das Foto und wünschte, ich würde sie wirklich berühren statt nur das Display. Dann stecke ich das Handy weg. Ich muss mich ja nicht selbst quälen.

Hinter mir wird einmal leise angeklopft. Ach, super. Dinah. Die fehlt mir gerade noch.

Ich setze ein unechtes Lächeln auf und drehe mich zu ihr um. Aber statt der kleinen Blondine steht dort ein ziemlich großer Typ. Reed. Erleichtert lasse ich die Schultern sinken.

Ich lege mir einen Finger an die Lippen.

Er nickt und weicht rückwärts in den Flur.

Ich werfe noch einen Blick auf Mom, um mich zu vergewissern, dass es ihr gut geht, bevor ich zu ihm stoße. »Ich dachte, ihr spielt Lasertag«, sage ich und schließe die Tür hinter mir.

»Ich hab die Jungs dort allein gelassen. Dachte, du brauchst vielleicht Hilfe.«

»Mom schläft. Warst du dabei, als es ihr schlecht ging?«

Ein trauriger Gesichtsausdruck huscht über seine Züge. »Ja«, sagt er niedergeschlagen. »Sie hat ziemlich heftig geweint und nach Dad gerufen.«

»Scheiße.« Am liebsten würde ich den Kopf gegen die Holztür rammen. »Und Dad war nicht zu erreichen?« Es fällt mir echt schwer, meinen Vater gerade nicht zu verachten. *Atlantic Aviation* stand vor ein paar Jahren kurz vor der Insolvenz. Seither hat er sich in die Arbeit gestürzt, um unser Erbe zu sichern. Allerdings verliert unsere Mutter derweil den Verstand, weil er sich nicht nur auf die Arbeit stürzt.

»Genau. Ich hab ihn angerufen und ein paar Nachrichten geschrieben. Steve hat zurückgetextet, dass Dad in einem wichtigen Meeting steckt und sich erst später melden kann.«

Ich werfe einen Blick auf die Uhr. In Hongkong ist gerade Vormittag. Steve wird die Wahrheit gesagt haben.

»Tut mir leid, dass ich nicht da war. Wäre ich mal besser gar nicht erst gefahren.« Ich muss aufhören, so egoistisch zu sein. Ich kann nicht einfach abhauen, nur weil Sav mir ein sexy Foto schickt. Meine Brüder brauchen mich.

»Mach dir keinen Kopf. Du hättest auch nichts ändern können. Die Schlaftablette hat sie nur wegen Dinah genommen.«

»Danke, dass du dich um die Jungs gekümmert hast.«

»Kein Problem. Soll ich mich zu ihr setzen? Dann kannst du wieder zu Sav fahren.«

»Nein, nein, ich bleibe hier. Du kannst gern noch was machen. Hab gehört, dass sich ein paar bei den Worthingtons treffen.« Brent ist in Reeds Stufe und wohnt nur ein Stück von uns das Ufer runter. »Ich glaube, diese Abby ist auch da.«

Reed verzieht das Gesicht. »Ach, ich weiß nicht so recht, was Abby angeht. Ich glaube, ich schau lieber 'nen Film.« Er nickt einladend zu seinem Zimmer.

Ich schlage ein. »Bin dabei.«

»Wie läuft's mit Savannah?«, fragt er auf dem Weg zu seinem Zimmer.

»Gut.«

Er hebt eine Braue. »Ernsthaft?«

»Ja, warum denn nicht?«

Er öffnet die Tür und zuckt mit den Schultern. »Ich hab den Eindruck, dass du sie ziemlich oft sitzen lässt. Hätte gedacht, sie ist sauer auf dich.«

Während Reed schon mal den Fernseher einschaltet, hole ich uns was zu trinken aus seinem kleinen Kühlschrank und setze mich zu ihm vor den Flachbildschirm. »So ist sie nicht. Sav ist ziemlich pflegeleicht.«

»Ha«, sagt mein Bruder da.

»Was willst du denn damit sagen?«

»Kannst du dich noch an sie erinnern, als wir auf der Middle School waren?«

»Äh, nee. Sie ist doch fast drei Jahre jünger als ich. Reed, ich war längst auf der Highschool, bevor sie da angefangen hat.« Ich lege die Stirn in Falten. »Scheiße, ich klinge ja wie der übelste Pädo. Willst du darauf hinaus?«

»Was? Niemals!« Er wirft die Fernbedienung auf den Tisch und sich über die Rücklehne des Sofas. Dann kramt er in seiner Kommode herum und zieht ein altes Jahrbuch der Middle School hervor. Er blättert darin, bis er die Seite gefunden hat, die er sucht, und hält sie mir unter die Nase.

»Das ist Savannah Montgomery.«

Ein Mädchen mit ungebändigten Haaren, Zahnspange und trüben braunen Augen, die durch eine Brillenfassung aus Draht blicken, schaut mich an. »Im Ernst?«

Das Mädchen sieht nicht im Geringsten aus wie die aufpolierte Sav, die ich kenne. Meine Sav hat glattes, glänzendes braunes Haar, ihre Augen sind blau. Ich wusste, dass sie Kontaktlinsen trägt, aber der Bedarf an einer Sehhilfe ist so ziemlich das Einzige, was das Mädchen auf dem Bild und meine Freundin gemein haben.

»Im Ernst. Von wegen pflegeleicht«, murmelt Reed, während er sich durch die Liste an Filmen klickt, die wir anschauen könnten.

Darauf fällt mir keine Erwiderung ein, weil das Mädchen aus dem Jahrbuch jegliche glänzende Perfektion vermissen lässt, die Savannah Montgomery heute an den Tag legt. Das macht mir irgendwie was aus. Als würde ich sie gar nicht richtig kennen. Als würde sie sich vor mir verstecken.

Und sofort frage ich mich: In wen bin ich da denn eigentlich verliebt?

Dreizehntes Kapitel

SAVANNAH

Drei Jahre zuvor

»Das Make-over sollte dir mehr Selbstvertrauen geben, nicht weniger«, sagt meine Schwester und blickt mir dabei über die Schulter.

Ich knalle das Handy mit dem Display nach unten auf den Tisch. »Was soll das denn heißen?«

»Dass alles, was du im Sommer über dich hast ergehen lassen – angefangen bei den Keratin-Anwendungen über die Schminkstunden bis hin zur Generalüberholung deines Kleiderschranks –, dir einfach klarmachen sollte, dass du schon immer toll warst. Und dass du nicht gleich verunsichert sein solltest, nur weil dir ein dummer Typ nicht sofort zurückschreibt.« Und mit diesem tollen Rat schmeißt Shea sich in den Sessel neben meinem Schreibtisch und tut so, als würde sie sich brennend für ihr Handy interessieren. Ich sage, tut so, weil sie offensichtlich hergekommen ist, um mich aufzuziehen.

»Er ist nicht dumm«, murmle ich.

»Wenn er nicht begreift, wie toll du bist, dann ist er das sehr wohl.«

»Er hat gerade Probleme zu Hause«, sage ich, dabei fühle ich mich nach Sheas Worten zu gleichen Teilen belanglos und eingebildet.

»Als hätte nicht jeder in unserem Alter Probleme zu Hause«, schnaubt sie.

Ich greife nach der Maus und richte meine Aufmerksamkeit wieder auf das Video, das ich gerade schneide. Ich hatte die Arbeit daran nur kurz unterbrochen, um zu gucken, ob eine Antwort von dem dummen Jungen gekommen war. »Er schätzt mich. Er bringt mir Blumen in die Schule. Er hält meine Hand, wenn wir durch die Flure gehen, was viel mehr ist, als eine Menge anderer Jungs tun würden. Schau dir Bibby Harthan an. Ihr Freund rennt fast vor ihr weg, nur damit er nicht gezwungen ist, sie in der Öffentlichkeit zu berühren.«

»Aber wir sprechen nicht von Bibby und ihrem bescheuerten Freund. Wir sprechen von dir und deinem bescheuerten Freund.«

Ich schubse die Maus weg. Solange Shea hier neben mir sitzt und mir solche Sachen an den Kopf wirft, kann ich mich sowieso nicht konzentrieren. »Du hast gesagt, wenn ich Gideon will, muss ich mein Aussehen verändern. Du hast gesagt, mein Klamottengeschmack wäre scheiße, und meine Haare würden eigentlich nur als Zuhause für Waschbären taugen.«

»Ja und? Deshalb musst du dich noch lange nicht auf den Boden legen und den Teppich geben, auf dem er fröhlich herumtrampelt.« Sie legt ihr Handy weg und lehnt sich vor. Der ernste Ausdruck auf ihrem Gesicht jagt mir Schuldgefühle über den Rücken. »Mir gefällt nicht, wer du bist, wenn Gideon in der Nähe ist«, fährt sie fort. »Mir fehlt die alte Savannah. Die Savannah, die zu dem Jungen, der meinte, sie läuft wie ein Mädchen, gesagt hat, dann solle er sich die Schuhe mal fester zubinden, denn er würde gleich am eigenen Leib erfahren, wie schnell Mädchen laufen und vor allem wie fest sie zuschlagen können.«

»Da war ich noch in der Middle School.« Aber ... bei ihren Worten erfüllt mich eine gewisse Sehnsucht. Sie hat recht – ich war mal viel selbstsicherer. Für gewöhnlich hab ich vorgeschlagen, was man unternehmen könnte. Oder den Jungs gesagt, sie sollen die Klappe halten, weil sie zu laut waren und wir anderen dadurch auf der Klassenfahrt Kopfschmerzen bekamen. Ich war nie diejenige, die neben ihrem Handy hockt und darauf wartet oder hofft, eine Nachricht zu bekommen.

»Das war letztes Jahr.«

Schuldgefühle sprudeln in meinen Bauch und füllen ihn langsam aus. Ich rutsche peinlich berührt auf meinem Stuhl herum. »Ich bin noch dieselbe«, beharre ich. »Nur glatter. Polierter.«

»Langweiliger. Nichtssagender.«

»Du bist doch eifersüchtig«, platzt es aus mir heraus. Kaum habe ich das ausgesprochen, würde ich die Wörter am liebsten wieder zurück in meinen Mund stopfen. Aber es ist zu spät.

Shea schnappt sich ihr Handy und steht auf. »Du tust mir leid, Sav. Das wird kein gutes Ende nehmen.«

Ihre Worte lassen mein Bedauern schmelzen, weshalb ich erwidere: »Es gibt noch vier andere Royal-Brüder. Angle dir deinen eigenen, und dann reden wir weiter.«

Sie zeigt mir den Stinkefinger, dann verlässt sie mein Zimmer.

Ich lasse den Kopf auf die Tischplatte knallen. Ich verwandle mich, und was aus mir wird, gefällt mir nicht. Kein

Wunder, dass Shea von mir enttäuscht ist. Aber das ist ja nicht Gideons Schuld. Sondern meine. Ich bin in der zehnten und mit dem beliebtesten Typen der Schule zusammen. Da sind Probleme mit dem Selbstbewusstsein ja wohl eher nicht erstaunlich. Jedes Mal, wenn ich ihn ansehe und merke, dass er mich anlächelt, frage ich mich, was er eigentlich mit mir will.

Aber ich werde keine dieser unreifen, anstrengenden Gören werden, deren Freunde permanent auf Abruf stehen müssen. Denn auch das endet nicht gut. Jordan zum Beispiel ist sagenhaft schön. Die Jungs machen dauernd die bescheuertsten Sachen für sie. Trotzdem kann auch sie keinen von ihnen lange halten. Irgendwann haben auch die genug davon, alles zu tun, was sie verlangt, wann immer sie es verlangt.

Ist es wirklich so schlimm, dass ich Verständnis dafür habe, wenn Gideon zu Hause gebraucht wird? Ich finde nicht. Deshalb sollte ich aufhören, mir den Kopf darüber zu zerbrechen, was Gideon jede Sekunde jedes Tages macht, und einfach selbstständiger sein.

Ich richte meine Aufmerksamkeit wieder auf den Computer und widme mich dem Video, das ich ja eigentlich gerade schneide. Ich vertiefe mich so sehr in die Arbeit, dass tatsächlich eine geschlagene Stunde vergeht, ohne dass ich auch nur einen Blick auf mein Handy werfe. Um genau zu sein, bringt es sich von selbst in Erinnerung, indem es klingelt.

Erwartungsvoll nehme ich es vom Tisch. Mein Herz sinkt ein wenig, als ich sehe, dass es nicht Gideon ist, der anruft.

»Hallo, Francine.«

»Bist du fertig?«, fragt sie, ohne Hallo zu sagen.

»Fast.« Das Video ist für sie. Es zeigt sie als Cheerleaderin und dient ihr als Bewerbung bei einem College-Tanzteam, zu dem sie im Herbst stoßen will.

»Ich will es sehen.«

»Ich mail es dir.«

»Nein, komm mit deinem Laptop vorbei. Du weißt doch, wie ich bin.«

Darüber kann ich nur die Augen verdrehen. Das Mädel kann gerade so ihr Handy bedienen. Sie verschickt permanent peinliche Gruppennachrichten im Glauben, sie gingen nur an ihren Freund.

Ich sage schon fast zu, aber dann fallen mir wieder Sheas Worte von vorhin ein. Dass ich mich von allen – und Gideon im Besonderen – herumkommandieren lasse. Möglich, dass ich Gideon nichts abschlagen kann, aber anderen gegenüber schaffe ich es ja vielleicht mal, mich durchzusetzen. Dann kann ich Shea wenigstens darauf hinweisen, dass ich nicht immer nur der Fußabtreter bin.

»Komm doch du zu mir. Dann können wir, falls wir was ändern müssen, das gleich hier am Computer machen. Das wäre viel leichter.«

»Hm, wenn's sein muss«, ist ihre undankbare Antwort. »Ich habe mir gerade die Nägel lackiert, muss also zwanzig Minuten warten, bis ich wieder was anfassen kann.«

»Dann komm, wann immer es dir passt, ich bin hier.«

Ein kurzer Moment der Stille. Dann: »Oh, kein Gideon?«

»Er hat zu tun«, sage ich steif.

»Natürlich hat er das. Dann bis bald. Tschüssi, Savannah.«

Ich strafe das Handy mit einem finsteren Blick. »Er hat zu tun, du doofe Nuss.«

Aber Francine hat schon aufgelegt. Eine Stunde später ist sie da. Shea ist gerade unterwegs, weshalb ich Francine allein das Video vorspiele.

»Oh, das ist ja richtig, richtig gut«, ruft sie freudig, ihre Augen groß vor Verwunderung.

»Was hast du denn gedacht? Dass es furchtbar wird?«

Sie zuckt nur leicht mit den Schultern. »Man weiß ja nie. Du bist schließlich noch superjung. Und du hast alles mit dem Handy gefilmt. Das Ergebnis hätte genauso gut furchtbar sein können.«

»Warum hast du mich denn dann überhaupt gebeten, das zu machen, wenn du mit einem furchtbaren Ergebnis gerechnet hast?«

»Niemand anderes wollte das übernehmen.« Sie schaut mich nicht mal an, während sie das sagt. »Und wie kommt das jetzt zum College?«

Wow, hat Shea etwa recht? Bin ich wirklich so rückgratlos geworden, dass ich mich für Leute abrackere, die das überhaupt nicht zu schätzen wissen?

»Du kopierst es auf ein Speichermedium und schickst es dorthin. Vielleicht gibt es auch eine Möglichkeit, es direkt online auf deren Seite hochzuladen.« Ich nehme einen der billigen USB-Sticks von meinem Schreibtisch und stecke ihn in den Computer. Zwei Klicks später ist das Video kopiert. Dann ziehe ich das Teil wieder raus und gebe es Francine. »Bitte schön.«

»Was ist das?« Sie dreht das kleine Ding in den Händen, als wäre es etwas Außerirdisches.

»Dein Video.«

Sie gibt mir den Stick zurück. »Ich hab keine Ahnung, was das ist. Lade du es hoch.«

Ich kann sie nur mit offenem Mund anstarren.

Sie versteht das als Aufforderung. »*Rosemont College.*« Dann wedelt sie mit der Hand. »Los, such es raus. Ich bin mir sicher, da steht irgendwo auf der Seite, was genau man machen muss.«

Das reicht. Ich nehme ihre Hand, lasse den Stick hineinfallen und schließe ihre Finger darum. »Du schaffst das, Francine. Ich glaub an dich.«

Eine kleine Falte zeigt sich auf ihrer Stirn. »Ich weiß aber wirklich nicht, wie das geht.«

»Dann bitte deinen Bruder um Hilfe.«

»Der ist erst zehn.«

»Er hat vermutlich schon mehr Mist runtergeladen, als du dir vorstellen kannst.« Mit zehn hab ich schon Videos hochgeladen. Sie waren schrecklich, aber ich wusste definitiv schon, wie das geht.

»Also gut.« Sie öffnet ihre Handtasche und lässt den Stick hineinplumpsen.

Weil wir hier fertig sind und ich finde, dass sie gehen sollte, werfe ich einen demonstrativen Blick zur Tür, aber sie rührt sich kein Stück. Als würden ihre Pradaschuhe am Boden festkleben.

»Was denn noch?«, frage ich ungeduldig.

»Machst du auch Fotos?«

»Mache ich auch was?«

»Fotos.« Francine tut so, als würde sie knipsen.

»Ob ich Fotos mache?« Jetzt fühle ich mich ziemlich dumm.

»Ja, Fotos. Ich möchte gern ein besonderes Album für Torin machen. Vielleicht sogar ein Video?« Sie klimpert sehr schnell mit den Lidern.

Ist das etwa ... ein Augenaufschlag, ganz für mich? Himmel, die ist so sonderbar. Wie alle Freundinnen von Shea. »Was denn für Fotos?« Dabei habe ich so eine Ahnung.

Sie lächelt, aber auf irgendwie furchteinflößende Weise, selbst wenn sie das gerade gar nicht sein will. »Du weißt schon. Private.«

Ich rücke von ihr ab. Okay, ich bin vielleicht leicht zu

überreden, aber auch ich habe meine Grenzen. »Nein. Auf keinen Fall.«

Ihre Unterlippe schießt vor. Ich bin mir sicher, dass Schmollmund und Augenaufschlag bei Torin ziehen, bei mir geht die Wirkung allerdings gegen null. »Aber warum nicht? Du bist echt gut.« Sie wedelt mit der Hand in Richtung meines Computers. »Du könntest ein richtig tolles Video von mir machen. Und ich kriege das mit den Selfies nie ordentlich hin. Mein Arm ist immer im Weg.«

»Dann nimm den Selbstauslöser.« Ich gehe zur Tür und öffne sie.

»Selbstauslöser?« Sie bewegt sich vielleicht einen Zentimeter.

»Ja, Selbstauslöser.« Verdammt. Die wird erst verschwinden, wenn ich ihr gezeigt habe, wie das geht. Also nehme ich mein Handy vom Tisch und halte es ihr vor die Nase. »Hier, siehst du diese kleine Uhr? Da musst du drauftippen, und dann kannst du die Zeit einstellen, bis die Kamera auslösen soll.«

»Oh, zeig's mir!« Sie hüpft auf und ab wie ein kleines Kind.

Mit zusammengebissenen Zähnen staple ich ein paar Bücher übereinander und lehne das Handy dagegen. Ich starte den Selbstauslöser und stelle mich neben Francine. Die Sekunden zählen rückwärts, das Foto wird geschossen, und ich gehe zurück zum Handy, um ihr das Ergebnis zu zeigen.

»Da, siehst du?« Ich wische durch die Fotos und vergesse dabei völlig, dass das eine, das ich Gideon geschickt habe, noch gespeichert ist. Ich reiße das Handy schnell runter, aber Francine hat es trotzdem erblickt.

»Wie ich sehe, hast du dir meinen Rat zu Herzen genommen.« Sie grinst. »Deine Selfies sehen viel besser aus als meine ... Selbstauslöser, soso.«

Mit glühenden Wangen nicke ich. Und endlich setzt sie sich Richtung Tür in Bewegung.

»Das muss dir nicht peinlich sein, Savannah. Man tut, was man tun muss, um seinen Kerl zu halten. Durch die Fotos, die ich Torin schicke, bekommt er gar nicht erst anderweitig Appetit. Sieht sich gar nicht erst um, wenn du verstehst, was ich meine.«

Ich nicke schwach.

Sie winkt wie eine Schönheitskönigin beim Wettbewerb. »Ich finde allein raus. Bis dann, grüß Shea.«

Ich kann nicht fassen, dass ich das Foto nicht gelöscht habe. Und noch weniger, dass Francine es gesehen hat. Mist. Das wird sie sicher brühwarm meiner Schwester erzählen. Aber zu meiner großen Überraschung verliert Shea kein Wort darüber, als sie wenig später zu mir kommt.

»Wollen wir was essen gehen?«, fragt sie, nichts weiter.

Ich nicke eifrig. »Was hältst du von Pizza? Dafür könnte ich gerade sterben.«

Für gewöhnlich isst Shea keine Pizza. Zu viele Kohlenhydrate, aber offenbar hat sie Mitleid mit mir, oder das ist ihre Art von Entschuldigung, denn sie zuckt nur mit den Schultern und sagt: »Okay, aber nur eine Margherita. Allerdings können wir ja richtig zuschlagen und uns eine Limo dazu gönnen.«

»Yay!« Jubelnd reiße ich die Arme in die Luft.

»Du dummes Ding«, tadelt sie mich, aber mit einem Lächeln im Gesicht.

»Ich hole eben meine Handtasche.« Aufgedreht hüpfe ich zum Tisch, als mein Handy klingelt. Wahrscheinlich Francine, die wissen will, wie sie das Video zu ihrem College bekommt. Aber ich helfe ihr nicht dabei! Ich habe schon Stunden damit verplempert, das Bewerbungsvideo zusammenzubasteln. Den Rest darf sie schön allein machen. Siehst du, Shea, ich bin gar nicht so ein halbes Hemd, wie du immer glaubst.

Doch es ist nicht Francine ... Gids hinreißendes Gesicht prangt auf meinem Display. Hinter mir seufzt jemand – Shea muss auch gesehen haben, wer mich da anruft.

Ich gehe dran und sage leise: »Hallo.«

»Hey, Babe«, grüßt er mich. »Wollen wir uns treffen? Ich hab noch etwas Zeit, bevor das Schwimmtraining anfängt.«

Ich spüre Sheas Atem im Nacken. »Klar. Wollen wir was essen gehen?« Mein Magen knurrt vorfreudig.

»Ich möchte vorm Training nichts essen, aber wenn du willst, bin ich dabei.«

»Nein, nein. Ich hab keinen Hunger«, lüge ich. »Soll ich zu dir kommen?«

»Rückgratlos«, zischt Shea hinter mir.

»Nee, treffen wir uns lieber direkt an der *Astor*. Sagen wir, in 'ner Viertelstunde?«

»Klar«, sage ich und lege dann auf. Ich bringe es nicht über mich, Shea in die Augen zu sehen. »Ähm, das mit der Pizza müssen wir wann anders nachholen.«

Im Blick meiner Schwester liegt etwas, was ich für Mitleid halte. »Eines Tages wirst du es noch bereuen, dass du auf jedes Royal-Kommando angesprungen bist.« Shea seufzt. »Aber wahrscheinlich ist das etwas, das du allein lernen musst.«

»Wahrscheinlich«, murmle ich, greife nach meiner Handtasche und flüchte.

Vierzehntes Kapitel

GIDEON

Heute

»Ich hab mir gesagt, du warst halt der Älteste und trugst deshalb die meiste Verantwortung. Meine Schwester musste schließlich auch mit Jordan befreundet sein, weil mein Vater das wollte. Deine Familie hat dich gebraucht«, sagt Savannah, den Blick auf einen Punkt in der Ferne gerichtet, während sie sich an unsere gemeinsame Zeit erinnert. Ihr kühler Gesichtsausdruck deutet darauf hin, dass keine dieser Erinnerungen schön ist.

»Aber wenn du das Gefühl hattest, dass ich dich anlüge und mich vor dir verstecke, warum hast du dann nicht mal was gesagt?«, frage ich.

Irgendwie muss ich einen Zugang finden, einen Weg, um sie davon zu überzeugen, dass die Vergangenheit hinter uns liegt und – wenn wir schon nicht dort ansetzen können, wo wir aufgehört haben – wir zusammen etwas Neues aufbauen können.

»Weil ich Angst hatte, dass du dann noch mehr lügst.

Außerdem wollte ich nicht die Gewissheit, dass ich recht hatte. Ich dachte, es sei besser, da weiter im Dunkeln zu tappen.«

»Aber jetzt ist ja alles zutage getreten.« Ich breite die Arme aus. »Keine Dunkelheit mehr.«

Der strenge Strich, den ihr Mund bildet, biegt sich an den Enden abwärts. »Selbst wenn ich dir vergeben würde, was du getan hast, bliebe da immer noch ich. Es hat mir nicht gefallen, wer ich in deiner Nähe war. Ich hab gegessen, was du gegessen hast, wann du gegessen hast. Sobald du gerufen hast, kam ich angerannt. Wenn du ›Spring!‹ gesagt hast, habe ich nur gefragt: ›Wie hoch?‹ So will ich nie wieder sein.«

Ich atme aus. Mir hat es auch nicht gefallen, dass sie immer nachgegeben und eingelenkt hat. Ich mochte die freche, großmäulige Sav, die mir am ersten Schultag aufgefallen war. Nicht die kleinlaute, gefügige Sav, zu der sie wurde. Dabei sieht sie heute nicht mal so anders aus. Ihre Haare sind noch immer glatt, sie trägt einen pinken Minirock und ein bedrucktes Top.

Darauf weise ich sie hin. »Du glättest dir noch immer die Haare. Du trägst noch immer Make-up. Du ziehst noch immer –«

»Und weiter?«, unterbricht sie mich ungeduldig.

»Hast du das nicht alles für mich gemacht? Damit ich dich bemerke und du mir gefällst?«, frage ich, ohne zu kapieren, wie dumm das klingt.

Wenn ich dachte, dass Sav vorher kalt klang, habe ich wohl nicht mit dem arktischen Lüftchen gerechnet, das ihre nächsten Worte begleitet.

»Nein, ich mache das für mich«, faucht sie. »Ich mag meine Haare nun mal glatt, deshalb wende ich so viel Zeit dafür auf. Ich mag mich mit Make-up. Ich gefalle mir so.«

Sie wedelt mit einer Hand vor ihrer schlanken Gestalt auf und ab. »Ich denke nicht länger an dich, Gideon. Mag ja sein, dass du dein Leben damit verbringen willst, unserer gemeinsamen Zeit nachzutrauern und unsere Highschooljahre noch einmal aufzurollen, aber ich bin bereit, damit abzuschließen.«

Verzweifelt frage ich: »Willst du gar nicht wissen, warum ich Dinah vor zwei Wochen getroffen habe?«

»Ich nehme an, weil sie eine durchgeknallte, von dir besessene Stalkerin ist, die professionelle Hilfe braucht.« Bevor ich etwas erwidern kann, poltert sie weiter. »Gideon, der Campus ist groß. Der Gebäudekomplex der BWLer liegt einen ganzen Kilometer von meiner Fakultät entfernt. Unsere Kurse überschneiden sich kein bisschen. Ich werde in ein Verbindungshaus ziehen und auch dort essen. Es gibt keinen Grund dafür, dass wir uns überhaupt über den Weg laufen müssen.«

Ach, guck, wer ist denn jetzt verzweifelt? Ein Hoffnungsschimmer zeigt sich am Horizont. Eine so extreme Vermeidungsstrategie bräuchte sie gar nicht, wenn ich keine Wirkung mehr auf sie hätte. »Ich hab dich gestern auf einer Party gesehen«, sage ich.

»Zufall.«

»Das heißt also, du willst mir für den Rest deines Lebens aus dem Weg gehen?«

»Wenn möglich, ja.« Dabei schaut sie mich nicht direkt an, was mich mit einer sonderbaren Zuversicht erfüllt.

Also lasse ich es darauf ankommen. »Dann bist du noch nicht über mich hinweg. Wie willst du denn mit uns abschließen, wenn du mir noch nicht mal in die Augen sehen kannst?« Mein Ton wird schroffer. »Ich weiß, was du durchmachst, mir geht es schließlich genauso.«

Sie versteift sich. »Ich bin hier, weil ich neue Leute kennenlernen will, neue Erfahrungen sammeln, herausfinden, was ich mit meinem Leben anfangen möchte.«

Da geht mir plötzlich ein Lichtlein auf. Neue Leute? Meinetwegen, das lässt sich einrichten.

»Also gut.« Ich verlagere leicht mein Gewicht und gehe langsam von ihr weg. »Wir sehen uns. Oder vielleicht auch nicht.«

Soll sie doch ein bisschen darüber nachgrübeln.

So gern ich auch einen Blick über die Schulter werfen würde, um zu prüfen, ob sie mir nachsieht, ich beherrsche mich und schaue stur geradeaus, bis ich endlich aus ihrem Blickfeld verschwunden bin. Kaum ist die Luft rein, greife ich nach meinem Handy und schicke eine Nachricht an unsere kleine Gruppe bestehend aus Cal und Jules.

Ich: Wer leitet denn die Orientierungswoche für die Neulinge dieses Jahr?

Cal: Biste abgeblitzt?

Ich: Es müsste so 3:2 stehen. Ich brauche Hilfe. Jules?

Jules: Erica bei mir aus dem Haus, aber die wird dir nicht helfen, bei uns bist du PNG.

Cal: PENG? Also tot oder was?

Jules: Persona non grata!

Ich: Jules, wie kann ich das ändern?

Jules: Das mit Sav wiedergutmachen zum Beispiel?

Ich: Versuche ich ja. Hier mein Plan.

Ich beschreibe ihn ausführlich. Wie vorherzusehen war, unterstützt Cal mich bei allem.

Cal: Daumen hoch, Alter.

Jules hingegen ist skeptisch.

Jules: Versuch lieber was anderes.

Frustriert seufze ich.

Ich: Und was? Vorschläge willkommen!

Jules: Keine Ahnung.

Ich: Du bist doch ein Mädchen. Was würdest du dir denn wünschen?

Jules: Ein paarmal mit dem Auto über dich drüberfahren, käme mir da in den Sinn.

Ich: Wenn danach wieder alles gut ist, ich wäre dabei.

Cal: Wie gemein. Aber zurück zum Plan: Heute Abend steht nichts Großes an. Nur kleine Veranstaltungen auf dem Campus in den jeweiligen Fakultäten. Und wer kein Kunststudent ist, wird nicht reingelassen.

Ich: Fallen wir nicht unter den Begriff Freie Künste? Ich könnte mich als Helfer melden.

Jules: Freie Künste? Du bist doch BWLer.

Ich: Und? Müssen wir etwa irgendwo unsere Ausweise vorzeigen?

Cal: G ist zwar BWLer, aber Lucas Strong nicht. Das ist ein Kumpel von nem Kumpel. Hab ihm grad geschrieben. Er überlässt uns nur zu gern seinen Platz bei diesem Orientierungsdingens heute.

Jules: Ich geb auf.

Ich: Danke, Mann. Du hast was gut bei mir.

Cal: Quatsch, hol dir, was dir zusteht.

Jules: Ihr seid beide auf dem besten Wege in die Hölle.

Ich: Nur, wenn du mitkommst, Jules.

Ich verbringe den Nachmittag damit, mich mit der Übersicht über die Wochenaktivitäten für die zukünftigen Erstsemester zu befassen, die Jules mir zugespielt hat. Heute stand auf dem Programm, allen Fakultäten einen Besuch abzustatten und die jeweiligen studentischen Vertreter zu treffen. Jetzt am Abend gibt es an mehreren Orten auf dem Campus kleine Veranstaltungen, um den Neulingen die Möglichkeit zu geben, ihre neuen Kommilitonen kennenzulernen, damit es im September schon ein paar bekannte

Gesichter gibt und sie sich nicht ganz so fremd und verloren fühlen.

Ich hab das damals nicht mitgemacht, weil ich an dem Abend einen Schwimmwettkampf hatte. Außerdem kannte ich die meisten aus meinem Team schon von früheren Besuchen. Nichtsportler wie Savannah haben solche Gelegenheiten natürlich nicht.

Dann suche ich online noch ein bisschen nach einer Übung, die einen Neustart für Sav und mich begünstigen soll. Ich entscheide mich für eine, die schon irgendwie kitschig ist, aber uns beiden beweisen könnte, dass es da eine gemeinsame Basis gibt, auf der wir aufbauen können.

Als ich fertig bin, ist es auch schon Zeit, zur Fakultät für Theater, Kunst und Film aufzubrechen, die sich auf vier Gebäude im östlichen Teil des Campus verteilt. Ich bin nicht der Erste, der dort auftaucht. Ein paar Studenten sind schon da. Und mit ein paar meine ich mehrere Hundert. Ich halte auf eine Gruppe von Leuten in meinem Alter zu, die rote Halstücher und dazu himmelblaue T-Shirts tragen. Also, wenn ich in dem Aufzug rumrennen soll ... Ach, was soll's. Ich hab ja auch schon Jules gesagt, dass sie mich überfahren darf.

»Hey, wo bekomme ich denn so ein T-Shirt?«, frage ich den Typen mit dem Clipboard.

»Und du bist?« Er sucht meinen Oberkörper ab, als hätte ich irgendwo ein Namensschild. Verdammt, hier gibt's ja tatsächlich 'ne Ausweiskontrolle. Ich unterdrücke ein Kichern und zeige ihm meinen Studentenausweis.

»Lucas Strong.« Hoffentlich ist Lucas Strong diesem Typen nie begegnet. Er senkt seinen Blick auf das Clipboard, aber dann wird er von einem anderen Studenten abgelenkt, der ihm erzählt, dass ein paar Kids Alkohol mitgebracht haben. Bevor eine große Diskussion losgehen kann, tippe ich auf das Clipboard. »T-Shirt?«, frage ich, als er aufsieht.

Gehetzt zeigt er nach links. »Da drüben. Frag nach Emily. Sag ihr, dass Jamison dich schickt, weil du ein Shirt brauchst. Du kannst dann die Aufgabe übernehmen, die –«

»Ich habe schon eine Aufgabe bekommen.«

»Oh, von wem?«

Ich deute zu einer kleinen Gruppe von Leuten in blauen Shirts.

Jamisons Augen werden zwar schmal, trotzdem sagt er: »Super, dann mal los.«

Also mache ich mich auf die Suche nach Emily, bevor mir noch mehr Fragen gestellt werden können. Das T-Shirt ziehe ich einfach über das, das ich schon trage, das Halstuch stopfe ich in die hintere Hosentasche. Nun muss ich nur noch herausfinden, in welcher Gruppe Sav ist.

»Und wohin muss ich jetzt?«

»Andie und Tome erklären es dir.« Emily zeigt zu zwei blonden Mädchen.

Ich gehe zu ihnen und bedenke sie mit einem Royal-Lächeln. »Hey, Emily schickt mich, um zu fragen, ob ihr mal 'ne Pipipause braucht.«

»Oh, das wäre ganz wunderbar.« Die mit der Skinny Jeans drückt mir ihr Clipboard in die Hand.

»Ja, danke«, sagt auch die andere, und schon sind sie weg.

Ich fühle mich zwar schlecht dabei, aber nicht schlecht genug, um es doch zu lassen. Also blättere ich auf der Suche nach Savannahs Namen durch die Seiten. Sie ist in Gruppe T. Eine andere Seite verrät, dass Gruppe T von einem Steve Federowicz und einer Jaycee Lovett geleitet wird. Ich streiche Steves Namen durch und schreibe stattdessen meinen

»geliehenen« hin. Dann suche ich nach Lucas Strong. Er hat Gruppe C. Dorthin schreibe ich Steves Namen.

Eine der Blondinen kommt zurück und nimmt ihr Clipboard wieder entgegen. »Soll ich für dich nachschauen, welche Gruppe du leitest?«

»Nicht nötig, das hat mir Jamison schon gesagt.«

»Cool. Dann danke, dass du auf unsere Sachen aufgepasst hast.«

»Kein Ding.«

An den Wänden kleben Buchstaben, wo sich die jeweiligen Gruppen versammeln sollen. Ich stelle mich zum T. Es dauert nicht lange, da taucht Jaycee Lovett auf. Sie hat blondes Haar und ein freundliches Lächeln. Ihr federnder Schritt verrät mir, dass sie es gar nicht erwarten kann, sich mit acht Achtzehnjährigen zu befassen, die so tun werden, als wüssten sie alles, obwohl sie insgeheim Todesängste ausstehen.

»Ich bin Jaycee«, sagt sie. »Ich studiere Journalistik.«

»Mathe«, sage ich. Das kommt BWL am nächsten, finde ich.

»Oh, schwieriges Fach.«

»Journalistik ist auch nicht gerade einfach. Durch Schreiben seinen Lebensunterhalt bestreiten? Das könnte ich nicht.«

»Ich liebe es, und jeder Kurs, den ich mache, bestärkt mich darin.«

»Das ist ja toll.« Man findet selten jemanden, der sein Studienfach liebt. Die meisten wechseln ihre Hauptfächer sicher ein Dutzend Mal, bevor sie ihren Abschluss machen. Manche sogar noch öfter.

Allmählich versammelt sich unsere Gruppe. Sav gehört zu den Letzten, die aufkreuzen, und sie bedenkt mich mit einem sehr argwöhnischen Blick.

Jaycee stellt sich vor. »Hi! Ich bin Jaycee. Ich studiere Journalistik und im Nebenfach Geschichte. Ich komme aus Louisville, und während alle in meiner Familie *Cardinals*-Fans sind, stehe ich zu hundert Prozent hinter unseren *Lions*!«

Sie hebt eine Faust in die Luft. Ich klatsche begeistert in die Hände, die anderen fallen ein. Alle außer Sav, die mich mit Blicken tötet.

»Lucas?«, fordert Jaycee mich auf.

»Ich heiße Lucas, aber alle nennen mich Gideon. Das ist mein zweiter Vorname –«

»Schwachsinn«, hustet jemand im Hintergrund.

Ich ignoriere Sav und spreche weiter. »Ich bin der älteste von fünf Brüdern und war deshalb froh, ans College zu kommen, weil ich mir hier das Bad nur mit drei anderen Leuten teilen muss.«

»Danke, Lucas – ich meine, Gideon«, verbessert Jaycee sich kichernd. »Hat sonst noch jemand einen Spitznamen, mit dem er oder sie lieber angesprochen werden möchte?«

»Was ist mit Ihnen, Miss Montgomery?«, frage ich. »Irgendein besonderer Name?«

»Nein«, presst sie durch zusammengebissene Zähne hervor.

Ich nicke freundlich. »Okay, super. Also, wir fangen mit einer Vertrauensübung an. Bitte sucht euch einen Partner, damit es losgehen kann. Savannah, du kommst zu mir.« Ich deute neben mich, ein Stück abseits der anderen. Die übrigen Studenten bilden zögerlich Zweiergruppen.

»Ähm …« Jaycee tippt mir gegen den Arm. »Vertrauensübung? Eigentlich sollen wir mit Pantomime anfangen.«

Ich werfe einen Blick auf ihr Clipboard und lese: »Pantomime. Lasst die Schüler verschiedene Begriffe mit Unibezug spielen. Zum Beispiel Professor, Katheder, Lehrplan.« Ich schaue Jaycee an. »Im Ernst? Wir sollen sie das Wort Lehrplan vormachen lassen?«

»Klar, dann teilt man es eben in zwei Wörter auf. Lehrer und Plan. Lehrplan. Kapiert?«

Das ist ganz schön clever, aber weil ich eben ein Vertrauensspiel brauche, sage ich: »Das sind noch nicht mal Studenten. Wissen die überhaupt, was ein Katheder ist? Kennen die das Wort?« Ich nehme ihr das Clipboard aus der Hand, streiche das Pantomimespiel durch und schreibe Vertrauensspiel hin. »Eine Vertrauensübung ist perfekt. So lernen sich die zukünftigen Kommilitonen kennen. Außerdem unterstützt es die Gruppendynamik, und du weißt ja, wie gern die Profs Gruppenprojekte vergeben und wie schwer die den Erstis fallen.«

Jaycee reibt die Lippen ein paarmal gegeneinander, bevor sie nachgibt. »Gut, dann machen wir das. Aber sollten dann nicht wir beide uns zusammentun?«

»Wir wollen doch den Neuen nicht das Gefühl geben, dass sie was tun müssen, was wir nicht machen würden«, lege ich mit dem Blödsinn nach, dem Unternehmenssprech, den wir in den kaufmännischen Seminaren lernen. »Wir sollten mit gutem Beispiel vorangehen und uns offen zeigen.«

Jaycee nickt. Im Stillen denkt sie sich sicher gerade, dass ich ein ziemlicher Wichser bin, aber sie widerspricht wenigstens nicht. Sie zuckt nur mit den Schultern und assistiert den verbliebenen Schülern dabei, Partner zu finden.

Ich gehe mit ausgestreckter Hand auf meine Partnerin zu. »Hi Savannah. Ich bin Gideon.« Ich verstumme kurz, weil ich überlegen muss, wie Lucas noch mal mit Nachnamen heißt. »Gideon Strong. Schön, dich kennenzulernen.«

»Was zur Hölle ziehst du hier ab?«, zischt Sav, während sie mit zwei Fingern meine Hand schüttelt.

»Ich will neue Leute kennenlernen. Neue Erfahrungen sammeln. Also, ich mache einfach mal den Anfang.« Ich drehe mich um und verschränke die Arme vor der Brust.

Dann schließe ich die Augen und lasse mich fallen.

Fünfzehntes Kapitel

SAVANNAH

Heute

Ungläubig sehe ich zu, wie Gideon sich fallen lässt. Ein Vertrauensspielchen? Ha! Das ist definitiv ein Spielchen, aber keins, bei dem es um Vertrauen geht. Ich mache auf dem Absatz kehrt und marschiere davon. Hinter mir herrscht plötzlich helle Aufregung, weil jemand versucht, noch rechtzeitig zu ihm zu sprinten.

»Oh, mein Gott!«

»Fangt ihn auf.«

»Wo willst du hin?«

Die letzte Frage richtet sich vermutlich an mich. Ich gehe einfach weiter.

»Wo zum Teufel willst du hin?« Das bislang so aufgedrehte Mädel mit dem blonden Pferdeschwanz greift nach meinem Arm. »Das kannst du doch nicht einfach machen.«

»Warum denn nicht? Das war schließlich ein Spiel.« Ich recke in bester Savannah-Montgomery-Manier die Nase in die Luft und sehe, wie alle um mich herum angewidert den Mund verziehen. Sehr gut gemacht, Sav. Jetzt verscherze ich es mir schon mit den Leuten, bevor ich überhaupt mit dem Studium angefangen habe.

Ich lasse die Schultern hängen. So hatte ich mir das nicht vorgestellt. Eigentlich wollte ich mich auf dem College neu erfinden. Nicht länger die arrogante, unergründliche Savannah sein. Sondern eine, die ... nun, die dieser hübschen Studentin hier keinen Anlass gibt, sie so verwirrt und missbilligend anzusehen.

Ich setze gerade zu einer Entschuldigung an ...

»Das ist meine Schuld.« Schon ist Gideon an meiner Seite und löst meinen Arm aus der Umklammerung des Mädchens. Er nimmt sich das Halstuch ab und hält es ihr hin. »Ich bin Gideon Royal und sollte nicht mal hier sein. Ich gehöre zu den BWLern.«

Jaycees Augen werden groß. Die anderen sieben Studienanfänger meiner Gruppe kommen näher, spüren, dass hier Drama in der Luft liegt, und das ist schließlich wesentlich interessanter als eine Vertrauensübung oder Pantomime oder sämtliche anderen Kennenlernspielchen, die um uns herum gerade stattfinden.

»Du bist gar nicht Lucas?«, will Jaycee wissen. Sie schaut auf ihr Klemmbrett, als stünde da etwas, das Gideons Aussage bestätigen könnte.

Er nickt. »Genau. Ich habe ihn gebeten, für ihn einspringen zu dürfen, weil ich Savannah sehen wollte. Sie ist meine Exfreundin ...«

Alles an mir versteift sich, ich rechne mit dem Vorwurf, dass ich ja ach so grausam zu ihm bin, weil ich weder mit ihm sprechen noch ihm vergeben möchte.

»... und sie hat sich von mir getrennt, weil ich sie betrogen habe. Ich versuche sie zurückzugewinnen.«

Die Ausdrücke auf den Gesichtern um uns herum lassen mich fast in schallendes Gelächter ausbrechen. Jaycees Miene wechselt zwischen Schock und Wut.

Eins der Mädchen schaut Gideon finster an. »Einmal Betrüger, immer Betrüger. Ich würde ihn nicht zurücknehmen.«

»Er hat gesagt, dass es ihm leidtut«, meldet sich einer der Jungs zu Wort, der ein Nirvana-T-Shirt trägt.

»Hat er doch gar nicht«, widerspricht jemand anderes. »Sondern nur, dass er sie zurückgewinnen will.«

»Das heißt doch, dass es ihm leidtut«, argumentiert der Nirvana-Typ.

»Jedem Betrüger tut es leid, wenn er erwischt wurde. Das heißt nicht zwangsläufig, dass es ihm auch leidtut, überhaupt betrogen zu haben.«

»Tut dir leid, dass du es getan hast?«, frage ich Gideon. Irgendwie amüsiert es mich, dass er hier quasi öffentlich vor Gericht steht, selbst wenn die Geschworenen nur sieben Highschoolabgänger und eine Studentin sind.

»Das war die schlimmste Entscheidung meines Lebens«, sagt er sofort. Ein reumütiges kleines Lächeln zeigt sich auf seinen Lippen. »Ich weiß, dass man zu seinen Entscheidungen stehen sollte, aber ich wünschte mir wirklich, ich könnte die Zeit zurückdrehen, um ein paar Dinge anders zu machen.«

»Zum Beispiel?«, fragt das Mädchen, das vorhin verkündet hat, Gideon bleibe für ewig Betrüger.

»Genau, zum Beispiel?« Ich stemme die Hände in die Hüften.

»Ich würde viel offener mit dir über das reden, was in meinem Leben vor sich geht. Und ich würde dir viel mehr Fragen über dich und dein Leben stellen, damit ich nicht zu irgendwelchen dummen Schlussfolgerungen käme. Ich würde dir zeigen, dass ich dich liebe, statt es dir nur zu sagen.« Seine letzten Worte sind ganz sanft.

Da formt sich ein Kloß in meinem Hals. Ich schlucke, bekomme ihn aber nicht weg, das Atmen fällt mir plötzlich schwer, weshalb mir Tränen in die Augen steigen.

Gideon hebt die Hand und überbrückt damit langsam den Abstand, der uns schon so lange trennt. »Lass uns doch hierbleiben und weitermachen«, sagt er, die Hand auf der Höhe meiner Wange.

Er berührt mich nicht, aber ich kann seine Körperwärme trotzdem spüren. Ich schwanke, bin plötzlich unsicher auf den Beinen, eine unsichtbare Kraft zieht mich näher und näher und …

»Ja, bleibt doch!«, ruft der Nirvana-Typ.

Seine Stimme wirkt wie ein Eimer kaltes Wasser. Ich zucke zurück, und Gideon lässt schnell die Hand sinken.

»Du Blödmann«, zischt jemand.

»Wieso? Was hab ich denn gemacht?« Nirvana schaut sich verunsichert um.

»Nichts weiter.« Gideon klopft ihm auf die Schulter. »Was haltet ihr von einer Runde Pantomime?«

Zunächst ist Jaycee dagegen. Sie glaubt, Gideon habe irgendwelche Regeln gebrochen, aber so ganz kann sie nicht sagen, welche. Nachdem ihr die anderen ein bisschen gut zureden, darf Gideon bleiben. Allerdings muss er die peinlichsten Aufgaben übernehmen.

Jaycee lässt uns nacheinander unsere Namen sagen. Dann müssen wir etwas aufschreiben, das wir nach Abschluss der Highschool vermissen werden. Gideon muss daraufhin die Zettel den entsprechenden Leuten zuordnen.

Auf dem ersten steht: »Meine Freunde.«

Er schaut nicht mal in meine Richtung. Irgendeiner verblüffenden Eingebung folgend legt er das Stück Papier vor das Mädchen, das sagte, ich solle ihn nicht zurücknehmen. Ihr Name ist Livvy Swanson.

»Woher wusstest du das?«, fragt sie und hebt den Zettel auf.

»Es ist im selben Farbton geschrieben, den deine Fingernägel haben.« Er zeigt auf ihre Hände.

Wir schauen alle hin.

Ihre Nägel sind lila, weiß und schwarz, aber auf jedem ist ein anderes Muster. Streifen auf dem einen, Punkte auf dem anderen. Sie trägt mehrere Tanktops übereinander, dazu eine Jeans mit aufgerissenen Knien. Ich mag sie. Sie hat eine coole Ausstrahlung. Ich glaube, wir würden gute Freundinnen abgeben.

Ich zwinge mich zu lächeln. Es fühlt sich komisch an. Ich lächle nicht oft, aber es lohnt sich, sie grinst zurück.

»Gut geraten«, sagt sie zu Gideon. »Ja, ich werde meine Freunde vermissen. Ich bin mit denen schon seit dem Kindergarten befreundet. Nur eine wird auch hier studieren, der Rest verstreut sich in alle Winde, und das macht mich echt traurig.«

»Ich verbringe die Wochenenden zu Hause«, sagt Gideon. »Außerdem kann man auch über SMS und Videoanrufe in Kontakt bleiben. Das ist nicht ganz unanstrengend, aber wenn man sich dann wiedersieht, zahlt es sich wirklich aus.«

»Wie häufig hast du sie gesehen?« Livvy nickt in meine Richtung.

»Einmal im Monat, oft auf Partys.« Er greift noch einmal in den Hut und holt einen neuen Zettel heraus. »Meine Familie«, liest er vor und schaut sich dann um.

Mallory Dunn, ein hübsches Ding mit kurzem braunem Bob hebt die Hand.

Livvy schlägt spielerisch nach ihr. »Er soll doch raten.«

»Ups.« Mallory kichert und wird dann schnell wieder ernst. »Der ist von mir. Ich habe zwei kleine Schwestern, die ich über alles liebe. Ich kann mir gar nicht vorstellen, ihre süßen Gesichter nicht jeden Tag zu sehen.«

»Da gilt eigentlich dasselbe wie bei den Freunden. Das klappt ganz gut, wenn man sich die Mühe macht, Kontakt zu halten.«

»Genau. Außerdem können sie dich auch besuchen kommen. Vier Wochen nach Studienbeginn gibt es einen Familientag. Die werden einen Riesenspaß an der *State* haben. Man kann hier schließlich nicht früh genug anfangen, Anschluss zu finden«, sagt Jaycee voller Elan.

Ein paar andere bringen auch noch ihre Ratschläge ein. Als das Gespräch erstirbt, zieht Gideon den nächsten Zettel aus dem Hut und liest: »Nichts. Ich bin bereit fürs College.« Er legt den Zettel vor mich. »Der ist von dir.«

Ich hebe ihn auf und knülle ihn zusammen, peinlich berührt, dass ich weder Freunde noch Familie habe, die mir fehlen werden. Mein Kinn geht himmelwärts, und die Stimme wird eiskalt, als ich sage: »Stimmt, das ist meiner.«

Zu meiner Überraschung nicken die anderen.

»So ungern ich meine Freunde zurücklasse«, gibt Livvy zu, »so sehr freue ich mich auch darauf, hier neu anzufangen.«

»Daran ist nichts Verwerfliches. Wem schadet schon ein Neustart?« Gideons Blick lädt mich ein, selbst noch etwas hinzuzufügen.

Aber er guckt so intensiv, dass mir ganz unbehaglich wird, deshalb starre ich einfach nur zu Boden. Fast sage ich, wie kindisch ich diese ganze Veranstaltung finde, was für ein Mist so was ist, aber dann halte ich mich zurück. Alle anderen hier sind offen und ehrlich, und ich habe viel zu große Angst, auch nur einen Fitzel von mir preiszugeben.

Gideon macht weiter. Schon bald hat er alle Zettel vorgelesen, woraufhin er und Jaycee mit einer Runde Pantomime beginnen, allerdings nur mit Wörtern, die für Erstsemester relevant sind: Professor, Vorlesung, Lehrplan, samstägliche Footballspiele und so weiter. Ich würde gern mitmachen. Ehrlich. Aber ich sitze praktisch auf meinen Händen. Livvy und Mallory reißen sich fast um die Teilnahme. Selbst der Nirvana-Typ springt begeistert auf, als er dran ist.

Irgendwann muss auch ich nach vorn. Sofort bekomme ich Beklemmungen. Mein Herz schlägt schneller als sonst, die Hände fangen an zu schwitzen.

»Zeit für einen Film!«, dröhnt eine Stimme aus einem der Lautsprecher. »Wir beenden die Aktivitäten für heute mit einem kurzen Film über alles, was euch an der *State* erwartet. Danach gibt es Snacks und die Möglichkeit, euch unters Volk zu mischen.«

Erleichtert atme ich auf, trotzdem meldet sich leises Bedauern. Als alle im Vorführraum sitzen und das Licht gedimmt wird, kommt Jaycee zu mir.

»Wenn dich jemand nicht in Ruhe lässt, bist du hier am College nicht machtlos«, flüstert sie. »Ein Wort und ich begleite dich zur Campuspolizei. Sie können durchsetzen, dass er dich zumindest auf dem Campus weder ansprechen noch aufsuchen darf. Leider gilt das dann nur auf dem Campus, aber hier muss er sich dafür auch zu hundert Prozent daran halten.«

Mit ernster Miene fahre ich zu ihr herum. »Wirklich?«

»Ja. Das College macht die Regeln. Wenn es ausreichende Beweise gibt, kann er sogar exmatrikuliert werden.« Sie gibt mir einen Zettel.

Darauf stehen ihr Name und ihre Telefonnummer. Das ist meine Chance, ihn ein für alle Mal loszuwerden. Wenn ich einwillige, hilft Jaycee mir dabei, ihn anzuzeigen.

Ich schaue verstohlen zu Gideon, der gerade mit Livvy plaudert. Hab ich nicht gesagt, dass ich genau das will? Nie wieder mit ihm sprechen müssen. Ihn nie wieder sehen müssen. Ihm nie wieder nah sein müssen.

Der Kloß aus meinem Hals rutscht mir in den Magen. Es stimmt, was Gideon vorhin Livvy erzählt hat. Er war regelmäßig zu Hause im letzten Jahr, wir haben uns gesehen. Manchmal haben wir uns gestritten. Meistens habe ich mir die größte Mühe gegeben, ihn zu ignorieren, aber richtig gelungen ist es mir nie. Immer habe ich heimlich verfolgt, was er tat. Weil ich wissen wollte, mit welchem Mädchen er rummacht. Aber er hat nie mit einer rumgemacht. Was definitiv nicht am mangelnden Angebot lag. Er ist schließlich Gideon Royal. In Bayview hätte jedes Mädchen, selbst die vergebenen, die eigene Schwester totgetrampelt, um mit ihm in die Kiste zu springen. Selbst hier hat er schon wieder eine Traube Mädels um sich.

»Nein danke«, höre ich mich selbst sagen. »Er stört mich nicht weiter.«

»Ganz sicher?«

Ich zwinge mich, Jaycee anzulächeln. »Ja, ganz sicher.«

Der Film fängt an. Aber viel bekomme ich nicht mit, weil vor meinem inneren Auge ein anderer Film abläuft. Mein erster Tag an der *Astor*, als ich Gideon sofort aufgefallen bin. Als wir uns zum ersten Mal verabredet haben. Unser erster Kuss. Unser erster Sex, der nicht im Geringsten so toll war, wie ich erwartet hatte, und dann die erste Nacht, in der wir miteinander schliefen, in der wir uns wirklich ernsthaft geliebt haben, was so unfassbar war, dass ich endlich begriff, warum die Leute Bücher, Gedichte und Lieder darüber schreiben.

Für jede Verletzung, die er mir zufügte, gab es Momente, in denen er mich so glücklich machte, dass ich das Gefühl hatte, über den Wolken zu schweben.

Das Licht geht wieder an. Statt Jaycee sitzt da plötzlich Gideon neben mir.

»Darf ich dich nach Hause begleiten?«, fragt er leise.

Ich nicke. Wahrscheinlich hat er recht, wir sollten uns langsam darüber unterhalten, was wir mit dieser neuen Zeit anfangen, die vor uns liegt.

Als wir uns von Jaycee verabschieden, betont sie noch einmal, dass ich sie jederzeit anrufen kann. Livvy und ich tauschen auch Handynummern, und dann lehnt sie sich nah zu mir. »Vielleicht ist er doch nicht so verkehrt«, flüstert meine neue Freundin.

Vielleicht nicht.

Sechzehntes Kapitel

SAVANNAH

Heute

Über fünfzig Mädchen leben in diesem Verbindungshaus, aber um sieben Uhr an einem Sonntagmorgen sind nur eine Handvoll davon wach. Manche sind auf dem Weg in die Kirche, andere, so wie Kira und ich, hängen über dampfenden Kaffeetassen, weil unsere Mitbewohnerin Jisoo ein Laufjunkie ist.

Sie und Kira sind erst vor ein paar Stunden ins Zimmer gestolpert. Jisoo war so betrunken, dass sie sogar an der Aussprache einsilbiger Wörter scheiterte. Sie hat einfach nur grob und wortlos angedeutet, was sie brauchte. Dass sie Wasser wollte, schlossen wir zum Beispiel daraus, dass sie auf den Tropfen zeigte, der vorn auf ihrem Chemiebuch abgebildet ist. Eine Extradecke holten wir aus dem Schrank, nachdem sie sich mehrfach mit den Händen über die Arme gerieben hatte. Ich hatte das Gefühl, es mit einem Pantomimen zu tun zu haben. Einem betrunkenen Pantomimen. Einem betrunkenen Pantomimen, dem es trotzdem gelang, bei Sonnenaufgang vom Bett in die neonorangefarbenen Laufschuhe zu steigen und loszurennen.

Nachdem ich eine halbe Stunde lang vergeblich versucht hatte, wieder einzuschlafen, kroch ich selbst aus den Federn. Eine sehr verschlafen aussehende Kira folgte mir nach unten, wo wir jetzt sitzen, Kaffee schlürfen und auf Jisoos Rückkehr warten.

»Sind ja noch nicht viele auf den Beinen«, sage ich.

»Das große Pauken geht erst morgen los«, erwidert Kira, ihre Stimme belegt. »Da haben alle noch mal ausgiebig Party gemacht, bevor wir uns wieder mit Red Bull zukippen müssen, um die Nächte durchlernen zu können. Ich hab dich gestern Abend mit deinem Ex am Haus vorbeigehen sehen. Alles okay?«

Wir kamen gestern auf dem Weg vom Campus an dem Verbindungshaus vorbei, wo meine zukünftigen Schwestern zum Feiern waren.

»Wir haben uns geeinigt, uns nicht länger zu streiten.«

»Ist das nur eine vorübergehende Waffenruhe oder ein kompletter Waffenstillstand?«

»Kompletter Waffenstillstand. Ich habe keinen Bock mehr darauf, immer die Zicke zu sein, die schlussendlich von allen gehasst wird.«

»Wir lieben dich doch. Und ich persönlich bin ein großer Fan deiner bissigen Kommentare. Du bist mutig genug, das auszusprechen, was wir uns immer nur klammheimlich denken.«

»Du meinst wohl, ich bin dumm genug, das auszusprechen, was wir besser für uns behalten sollten.«

Sie betrachtet mich aufmerksam. »Du klingst nicht gerade glücklich darüber.«

»Ich habe das Gefühl ... ich hätte verloren«, gebe ich zu. »Und dass es dumm ist, das alles jetzt abgehakt zu haben.«

»Was ist denn daran dumm?«

Ich zeige auf meine Brust. »Das Ding hier drin. Das hat noch immer Gefühle für Gideon.« Ich seufze niedergeschlagen. »Er hat recht. Er muss mir immer noch was bedeuten, wenn ich ihn so sehr hasse.«

»Vielleicht hasst du ihn ja gar nicht mehr wirklich«, argumentiert Kira. »Vielleicht ist es nur eine schlechte Angewohnheit. So wie Rauchen.«

»Wie könnte ich ihn denn nicht hassen? Er hat mich betrogen. Und noch dazu nicht mit einer Jüngeren oder irgendeiner scharfen Braut aus seinem Jahrgang, nein, mit einer älteren Frau.« Ich verziehe das Gesicht. »Ich glaube, die war fast dreißig.«

Kira fährt schockiert zu mir herum. »Was? Ich dachte, er hatte einfach nur was mit einer von eurer Schule. War das eine seiner Lehrerinnen? Oder die Mutter von irgendwem?«

»Die Frau vom besten Freund seines Vaters.«

Mir war nicht bewusst, dass Augen so groß werden können wie Kiras in diesem Moment.

»Ich bin wach, oder?«, will sie wissen. »Ich träume nicht gerade, dass ich in einer Episode der *Real Housewives* gelandet bin?«

Ein widerwilliges Grinsen schleicht sich auf mein Gesicht, und irgendwie freut es mich sogar ein bisschen, dass ich mich über meine dumme, tragische Vergangenheit amüsieren kann. »Ja, du bist wach. Und ich glaube nicht, dass auch nur eine dieser Frauen auf die Idee gekommen wäre, das zu tun, was Dinah getan hat.«

»Wow, okay. Ich merke schon, das ist eine pikante Geschichte, die du nicht zweimal erzählen solltest. Warten wir noch auf Jisoo, bis du loslegst.«

Kira nimmt ihr Handy vom Tisch und checkt, wo Jisoo

steckt. Die beiden tracken einander mit ihren Telefonen. Echt niedlich, wie sehr sie sich um einander sorgen.

»Oh, sie ist schon fast wieder da.« Kira kippt das Display so, dass ich draufschauen kann.

Ganz wie angekündigt, erscheint Jisoo wenige Augenblicke später. Außer Atem und verschwitzt. Kira will sie, ohne was zu trinken, ins Bad schicken. »Geh sofort duschen.«

»Aber ich hab Durst«, beklagt sich Jisoo und schaut mich flehend über die Schulter an, während Kira sie durch die Tür schiebt.

»Du kannst unter der Dusche trinken.«

»Das ist doch eklig.«

»Bring der quengeligen Bitch ein Glas Wasser«, befiehlt Kira mir.

Ich salutiere und gehe zum Kühlschrank.

»Ich brauche unbedingt Eis«, ruft Jisoo.

»Du brauchst unbedingt eine Dusche«, sagt Kira.

Das Gezanke geht weiter, aber weil Kira Jisoo die Treppe hochschiebt, wird es allmählich leiser. Ich fülle ein Glas mit Wasser und folge ihnen. Auf halbem Weg erhasche ich einen Blick in den Spiegel, der mich verharren lässt.

Meine Haare stehen wild in alle Richtungen. Babylöckchen drehen sich an meiner Stirn. Die sonst gerade hängenden Haare locken und wellen sich. Ich fahre mir mit der Hand über die Katastrophe. Jeden Morgen stehe ich richtig früh auf, um mir die Haare zu glätten, weil ich immer dachte, dass Gideon das gefällt. Ich habe überhaupt so viel Zeit investiert, um so zu sein, wie es Gideon gefallen könnte – und danach noch viel mehr, um mich dafür im Speziellen und ihn im Allgemeinen zu hassen.

Kiras Kopf erscheint am oberen Treppenabsatz. »Was ist los?«

»Ich hasse meine Haare.«
»Wie bitte? Deine Haare sind toll! Supersexy.«
»Ich sehe aus, als hätte ich in die Steckdose gefasst.«
Kira kommt zu mir und zieht mich vom Spiegel weg. »Mir gefallen deine Haare. Ich verstehe nicht, warum du sie tagtäglich glättest. Warum willst du denn wie alle anderen aussehen, wenn du von Natur aus besonders bist?«
»Deine Haare sind auch nicht glatt.« Ich deute auf Kiras Kopf mit seinen extremen Locken.
»Ganz genau.« Sie schiebt sich eine Hand darunter und lässt die ganze Pracht auf- und abwippen. »Sie sind großartig und bombastisch.« Sie zwinkert mir zu und nimmt mich mit ins Zimmer. »Frag doch Jisoo.«
»Frag mich was?«, will Jisoo wissen.
»Gefällt dir Savs natürliches Haar?«
»Absolut. Ich bin sogar ziemlich eifersüchtig darauf.« Jisoo nimmt mir das Glas aus der Hand und lädt mich ein, mich neben sie aufs Bett zu setzen. »Das Glätteisen solltest du sofort entsorgen.«
Ich hocke mich ans Fußende, während sie das Glas leert.
»Oder auch nicht«, fügt Kira an. »Wenn du dich mit glatten Haaren besser fühlst, dann bleib dabei. Ich benutze jeden Tag Lippenstift und Mascara, weil ich mir damit gefalle – und nicht, weil ich damit irgendeinen Typen beeindrucken will. Ich mag, wie ich damit aussehe. Wenn du die glatten Haare also lieber magst, dann bleib dabei. Aber deine Locken sind trotzdem der Hammer, und du solltest dich nicht fürchten, sie zu zeigen.«
»Genau.« Jisoo stellt das Glas ab und zieht den Stuhl unter dem Schreibtisch hervor. Dann zeigt sie auf mich. »Und jetzt erzählst du uns deine Geschichte und wie wir dir helfen können.«
»Aber nur die Kurzfassung, jede Minute, die wir mit die-

ser schrecklichen Person verplempern, macht doch nur den schönen Tag kaputt. Gideons Vater ist Callum Royal. Schon immer war dessen bester Freund und Geschäftspartner ein Typ namens Steve O'Halloran. Steve ist so was wie ein Onkel für die Royalkinder. Vor ein paar Jahren hat er Dinah geheiratet, die wie ein Engel aussieht, aber in Wahrheit ein ziemlicher Teufel ist. Irgendwann ist Gideon zu ihr ins Penthouse gefahren, und«, ich hole tief Luft, um mich gegen den Schmerz zu wappnen, der mir das Herz umfängt, als ich zum Weitersprechen ansetze, »und dann hat er mit ihr geschlafen. Er hat mit Dinah geschlafen.«

»Wow.«

»Das ist ja schrecklich. Du hattest schon erwähnt, dass er dich betrogen hat, aber das ist einfach nur furchtbar.« Jisoo steht wieder auf und kommt zu mir.

Kira wühlt in ihrem Nachttisch und kommt dann ebenfalls zu uns. Sie legt mir kleine Schokoladenbonbons in die Hand. »Iss, das ist Medizin.«

Jisoo greift sofort zu. »Bring gleich die ganze Tüte her, meine Liebe. Wir brauchen definitiv die Monatsration. Was ist dann passiert? Wie hast du davon erfahren?«

»Sie hat mir eine SMS geschickt.«

»Was hat sie?«, ruft Jisoo.

»Das Miststück!«, keucht Kira.

Ich nicke. »Ja, sie hat geschrieben, dass ich ja ein sehr nettes Mädchen sei, aber eben nur ein Mädchen. Ein Mann wie Gideon brauche eine Frau, um all seine Bedürfnisse zu befriedigen.«

»Ekelhaft.«

Kira nickt zustimmend. »Superekelhaft.«

»Und dann hat sie mir ein Trostpäckchen geschickt.«

»Ein was?«

Sie starren mich schockiert an.

Da muss ich lachen. »Ein Paket mit Suppe, Eis, einem Wellnessgutschein und einem Ratgeber, wie man eine Trennung am besten überwindet. Sie schrieb, es tue ihr leid, aber dass es so zu unser aller Bestem sei.«

»Und was hast du dann gemacht?«

»Erst mal nichts. Ich war zu schockiert. Dann habe ich Gideon angerufen und um ein Treffen gebeten. Ihm stand das schlechte Gewissen nur so ins Gesicht geschrieben. Bevor er auch nur ein Wort sagen konnte, bin ich wieder aus dem Wagen gestiegen und ins Haus gerannt.«

»Hat er denn irgendwas erklärt?«, fragt Jisoo.

»Er hat nur gesagt, dass es ihm leidtue und er mich nicht verletzen wollte, weshalb es besser sei, wir würden uns trennen.«

Jisoo tätschelt mir die Schulter. »Himmel, du Arme.«

Kira wickelt eine Schokolade aus und hält sie mir vor den Mund. Dankbar beiße ich zu und lasse sie mir genüsslich auf der Zunge zerlaufen. Jisoo zieht mich an sich, und Kira umschlingt mich von der anderen Seite.

»Wie gut, dass du jetzt bei uns bist. Wir sind für dich da, so wie Shea bisher. Du bist nicht allein.«

Fast fange ich an zu weinen. Ich dachte immer, ich hätte all meine Tränen schon vor Jahren aufgebraucht, aber jetzt, wo ich in die bewegten Gesichter dieser beiden Mädchen schaue, die ich erst seit wenigen Tagen kenne, fühle ich mich plötzlich überwältigt, und da ist auch ein bisschen Wut auf mich selbst. Solche Freundinnen hätte ich schon in der Highschool haben können.

Gideons Stiefschwester Ella hat sogar mal versucht, mir näherzukommen, aber ich hab sie sofort verjagt. Ich fand schon den Gedanken unerträglich, dass sie mit den Royals unter einem Dach wohnt. Und dann wurde sie von ihnen allen auch noch wirklich gemocht. Ich war so wütend, als sie meine Warnung vor diesem Ekel Daniel Delacorte nicht ernst nahm. Als ich sie mit ihm sah, wusste ich, was ihr bevorstand. Zum Glück hab ich Reed noch rechtzeitig gefunden. Ich hatte schon Angst, zu spät gekommen zu sein.

Es gab mehrere Gelegenheiten, bei denen mir die Tür zu Freundschaften weit geöffnet worden war, aber ich schlug sie einfach nur zu und verbrachte die letzten Jahre in einem Stadium der Gehässigkeit, in dem ich alles und jeden hasste – mich eingeschlossen.

Das hat ganz schön Energie gekostet, fällt mir da auf. Ich war immer müde, weil ich so viel Kraft darauf verwendet habe, meine Negativität zu befeuern.

Ich genieße die Umarmung meiner neuen Freundinnen und wische die Scherben meines Herzens beiseite, um Platz für etwas Neues zu machen. Etwas Schönes, Frisches, Starkes.

Siebzehntes Kapitel

GIDEON

Heute

»Und wo wollt ihr hin?«

Ich werfe einen Blick über die Schulter zu Cal, der es sich auf meinem Bett bequem gemacht hat und ein Spiel auf dem Handy spielt.

»Zum Holiday Park.« Ich durchwühle meine Kommode auf der Suche nach einem Pulli, den ich Sav leihen könnte, falls ihr kalt wird.

»Bisschen abgelegen, findest du nicht?«

Ich werfe den Kapuzenpulli zusammen mit der Decke aufs Bett. »Doch, aber genau deshalb will ich da ja hin.«

»Ah, kapiert. Bisschen in der Natur vergnügen.« Er kichert über seine Andeutung.

»So was in der Art. Ich möchte auf jeden Fall ungestört sein.« Ich rolle alles in die Decke ein, die ich mir dann auf die Schulter hieve.

Als ich nach meinem Handy greife, klingelt es. Ein schneller Blick auf das Display lässt mich die Stirn runzeln.

Wieder diese Nummer. Wer immer das ist, hat mich schon zweimal angerufen. Weil ich nie Anrufe annehme, wenn ich nicht weiß, wer dran ist, drücke ich den Anrufer weg und nehme mir vor, die Nummer später, wenn ich kurz Zeit habe, endlich zu blockieren.

»Kommst du danach wieder nach Hause?«, fragt mein Mitbewohner.

»Vielleicht. Das liegt an Sav.«

»Schreib mir einfach, wenn du das Zimmer für dich willst, okay?«

»Mach ich.« An der Tür bleibe ich stehen. »Für nächstes Semester sollten wir uns was Neues suchen, oder was meinst du?«

Cal rollt sich vom Bett und knallt seine Faust gegen meine. »So was von! Ich knöpfe mir mal die Wohnungsanzeigen vor. Irgendwelche Wünsche?«

»Für jeden ein eigenes Zimmer, eigenes Bad. Klimaanlage. Campusnähe. Mir macht es nichts aus, ein Stück zu fahren, aber Sav vielleicht.«

Cals Augenbrauen gehen hoch. »Da setzt du aber 'ne Menge voraus.«

Ich zucke nur mit den Schultern. »Was bringt's, von Anfang an mit einer Niederlage zu rechnen?« Savannah gibt mir eine zweite Chance. Ich habe vor, mich an sie zu heften. Zur Not nehme ich Sekundenkleber.

»Viel Glück!«, ruft Cal mir nach.

Ich winke zur Antwort und wähle dann Savs Nummer mit einer Hand. »Ich bin unterwegs«, sage ich.

»Ich halte mich bereit«, sagt sie, ohne zu zögern.

»Dann bis in zehn Minuten.«

Als ich bei meinem Wagen ankomme, pfeife ich fast vor mich hin. Alles ist auf Kurs. Ich werfe die Decke in den Kofferraum und fahre das kurze Stück bis zum Verbindungshaus. Sav muss am Fenster gewartet haben, denn sie kommt schon herausgerannt, noch bevor ich überhaupt richtig geparkt habe.

Ich springe aus dem Wagen und nehme ihr die Tasche ab. »Wolltest du etwa verhindern, dass ich reinkomme?«, scherze ich.

Sie schüttelt sich in gespieltem Entsetzen. »Schlimmer als beim Debütantinnenball da drin. Es waren so viele Handykameras auf mich gerichtet, dass ich mich gefühlt habe, als wäre ich irgend so ein Sternchen, das gerade ein Sextape veröffentlich hat.«

Ich verschlucke mich fast an meiner Spucke. »Ja, das klingt schlimm«, presse ich hervor.

Sie legt den Kopf schief. »Alles in Ordnung?«

»Ja, hab mich bloß verschluckt.« Ich öffne ihr die Beifahrertür und muss mich zusammenreißen, um sie nicht hineinzuschieben. Ich habe Dinahs Druckmittel gegen mich schon so lange vor ihr geheim gehalten, es gibt keinen Grund, Savannah jetzt einzuweihen. Ich wollte sie damals schon unter allen Umständen beschützen, und so werde ich das auch weiter halten.

Ich klettere hinters Steuer und starte den Motor. »Mein Vorschlag wäre, dass wir zum Holiday Park fahren. Da gibt es ein paar schattige Wanderwege und einen kleinen See, an dem wir picknicken können. Was hältst du davon?«

»Klingt gut.«

»Deine Frisur gefällt mir übrigens sehr«, sage ich, während ich den Rover vom Bürgersteig lenke.

»Danke.«

Aus dem Augenwinkel sehe ich, wie sie sich mit der Hand durch die wilden Locken fährt. Es war ein ziemlicher Schock, Sav das erste Mal mit dieser ungezähmten Mähne zu sehen, dabei ist sie richtig sexy! Noch etwas ist heute anders an ihr. Nicht nur die Haare, sondern auch ihr Auftreten – irgendwie selbstbewusster, mutiger.

Und das gefällt mir sehr.

»Weißt du schon, was du essen möchtest?« Ich werfe ihr mein Handy in den Schoß.

»Du gibst mir dein Handy? Ist das nicht ein bisschen gewagt?« Sie sagt das im Scherz, aber trotzdem schwingt etwas Ernstes darin mit.

»Keineswegs. Schau's dir ruhig an, ist langweilig bis zum Gehtnichtmehr.«

»Was für eine Enttäuschung. Du speicherst nicht mal gute Memes? Womit vertreibst du dir denn die Zeit, wenn dir langweilig wird?«

»Das überlasse ich anderen.« Ein breites Grinsen tritt mir aufs Gesicht. Ich kann mich gar nicht erinnern, wann wir das letzte Mal einfach so rumgeflachst haben.

Für einen Moment herrscht Stille. Dann sagt Sav. »Hmmm.«

»Hmmm?«

»Hmmm, deine meistgenutzten Emojis sind der heulende Smiley und der, der die Augen verdreht.«

»Meine besten Freunde sind Cal und Julie, da brauche ich keine anderen. Warum? Welche benutzt du denn?«

»Ich gebe es nur ungern zu, aber meistens irgendwelche mit Herzchen. Und dann noch das Mädchen mit dem lila Oberteil, das mit den Schultern zuckt.«

Darüber muss ich laut lachen. »Wie bitte? Das ist aber nicht die Savannah, die ich kenne.« Und liebe, vervollständige ich den Satz in Gedanken.

»Im Emojiland bin ich wohl liebevoll und ein bisschen emo.«

»Oder aber das sind einfach gute Freunde, mit denen du textest. Wenn wir uns jetzt wieder schreiben, werden die verdrehten Augen bei dir wahrscheinlich auch häufiger auftauchen.«

»Wir werden uns schreiben?«

»Gut, okay, *ich* werde dir schreiben. Und hoffen, dass du mir auch mal antwortest.«

»Kommt drauf an, wie unterhaltsam das wird.«

»Dann lade ich bei der nächsten Gelegenheit alle Memes der Welt runter«, verspreche ich.

»Du musst es ja nicht gleich übertreiben.«

»Verstanden.« Ich wechsle das Thema. »Und was meinst du, wird dir das Filmstudium gefallen?«

»Oh ja, das Programm ist richtig gut. Sehr praxisorientiert.« Sie klingt begeistert.

»Ich bin schon echt gespannt darauf, was du so machen wirst. Was willst du eigentlich genau werden? Regisseurin? Produzentin? Um ehrlich zu sein, kenne ich nicht mal den Unterschied«, gebe ich zu.

Als wir zusammen waren, haben wir uns darüber nie wirklich unterhalten. Ich weiß nicht, ob es daran lag, dass ich nicht gefragt habe, oder sie einfach nicht darüber sprechen wollte. Aber ich hätte fragen sollen. Das weiß ich jetzt. Leider hab ich nur viel zu tief in meinem eigenen Drama gesteckt.

»Cutterin. Da schneidet man den Film, stellt einzelne Szenen um und fügt alles wieder zusammen.«

»Cool.« Dagegen klingt mein BWL-Studium strunzlangweilig. »Was für Kurse belegst du sonst noch so?«

»Literatur und Kunst, um meine Erzählfertigkeiten zu schulen. Aber ich habe vor, so viel Zeit beim Film zu verbringen, wie ich kann. Adrian meint, je mehr praktische Erfahrungen ich sammle, desto besser. Es selbst machen ist immer besser, als nur drüber zu lesen oder anderen dabei zuzusehen, deshalb hab ich vor, das auch zu tun.«

Ich umklammere das Lenkrad etwas fester. »Adrian ist der Typ, mit dem du dich neulich unterhalten hast, oder?«

»Ja.« Sie klingt amüsiert. »Der, den du verprügeln wolltest.«

Ich schaue kurz zu ihr rüber. »Das hast du gemerkt?«

Sie grinst. »Du bist ein Royal. Da ist dein erster Impuls einfach, jeden Typen auszuknocken, den du nicht magst.«

»Hey, das gilt vielleicht für Reed«, protestiere ich. »Ich bin kein Schlägertyp.«

»Ach ja? Wer hat denn dann John David beim Winterball einen Zahn ausgehauen?«

Ich unterdrücke ein Lächeln. »Der ist mir in die Hand gefallen, und dabei hat sich einer seiner Zähne gelockert.«

»Wenn's dir mit dieser Lüge besser geht, dann bleib ruhig dabei. Ich weiß nicht mal mehr, warum du dich überhaupt so aufgeregt hast. Ging's um deine Mom?«

»Nein.«

»Du wirst es mir nicht verraten, oder?«

Noch vor einer Woche hätte ich das wirklich nicht getan. »Er hat gesagt, du würdest schlecht küssen.«

»Was für ein Arsch!« Sie keucht. »Den hab ich doch nie geküsst! Woher … warum …?«, haspelt sie. »Ich glaube, du hast ihn nicht fest genug geschlagen.«

Ich lasse meine Muskeln spielen. »Wahrscheinlich nicht. Wenn er mir noch mal in die Finger gerät, lege ich nach.«

»Ich möchte ihm auch eine verpassen«, sagt sie voller Empörung.

Ich lache. »Dann machen wir einfach einen kleinen Ausflug nach Bayview und erledigen das.«

Nun lacht auch sie. »Ach was, das ist er doch gar nicht wert. Der arme Kerl ist wahrscheinlich noch nie einem Mädchenmund nah genug gekommen, um überhaupt zu wissen, wie das mit dem Küssen geht. Ganz zu schweigen davon, dass er die Qualität eines Kusses beurteilen könnte.«

Eine Ampel zwingt mich zu halten, was mir die Möglichkeit gibt, zu Savannah zu schauen und ihren Anblick förmlich aufzusaugen. Ich wünschte, ich hätte mein Handy wieder, damit ich ein Foto von ihr machen könnte.

»Du bist so wahnsinnig schön, Sav.«

Ihr Kopf fliegt zu mir herum, sie starrt mich an, die Augen etwas aufgerissen, die üppigen Lippen leicht geöffnet, als würde es sie überraschen, dass ich sie so sehe.

Vermutlich hätte ich sie weiter so betrachtet, wenn das Auto hinter uns nicht angefangen hätte zu hupen. Die Ampel ist längst grün. Ich gebe Gas.

»Du wirkst überrascht.«

»Ich war nicht schön genug …« Sie unterbricht sich selbst.

»Um mich vom Fremdgehen abzuhalten?«, beende ich den Satz für sie.

Bedrückt nickt sie.

»Es ging nie ums Aussehen. Seit ich dich das erste Mal gesehen habe, warst du für mich die heißeste Braut, die mir je begegnet ist. Das bist du noch immer. Es tut mir leid, dass du durch mein Verhalten je daran zweifeln musstest.«

Ich wünschte, ich müsste mich gerade nicht auf die Straße konzentrieren, damit ich ihren Gesichtsausdruck sehen könnte. Verstohlen schaue ich rüber und erkenne zu meiner Erleichterung, dass sie nicht wütend ist. Sie wirkt eher nachdenklich.

»Ich würde das am liebsten vergessen«, sagt sie.

Ginge das? Ich bin mir nicht sicher, aber wenn sie das will, bin ich schwer dafür, es zu versuchen. »Okay. Also, auf was hast du Hunger?«

»Bist du gerade im Training? Brauchst du zehntausend Kalorien?«

»Nein. Die Saison endet im März mit den nationalen Meisterschaften, aber ...« Wieder wünschte ich, ich säße gerade nicht am Steuer. »Ich werde nächstes Semester nicht schwimmen.«

»Wie bitte?«, fragt sie erstaunt.

»Ja, ich weiß. Aber Collegesport ist superzeitintensiv, und Dad will, dass ich mehr Zeit in mein BWL-Studium investiere, wegen ...« Ich räuspere mich. »Wegen Steve.«

»Oh, wow. Wann habt ihr das entschieden?«

»In den letzten paar Wochen«, gebe ich zu.

»Ist das denn okay für dich?« Sie zögert. »Andererseits ... Familie stand ja bei dir sowieso immer an allererster Stelle.«

Ich höre eine Spur Bitterkeit in ihrer Stimme, aber die kann ich ihr nicht übel nehmen. Ich habe so viel vor Sav geheim gehalten, um sie zu schützen, aber letzten Endes habe ich ihr damit nur das Gefühl gegeben, mir weniger wichtig zu sein als alle anderen in meinem Leben. Den absoluten Schlusspunkt habe ich gesetzt, als ich mit Dinah geschlafen habe.

»Kein Wunder, dass dir das so vorkommt. Dabei habe ich das alles nur von dir fernhalten wollen, weil es mich so gestresst hat, und das wollte ich einfach nicht an dich weitergeben. Dass ich die Sorgen mit dir hätte teilen können, kam mir gar nicht erst in den Sinn.« Ich lächle sie halb an. »Aber ich hab das verstanden und mich geändert. Ich werde dir in Zukunft so viel erzählen, dass es dir sogar zu viel werden wird. Zwischen den ganzen Memes und Gifs und Herzchen-Emojis bekommst du Updates darüber, was ich esse, was ich gerade lerne, welches Videospiel ich spiele, wie oft ich mich rasiere, wann ich dusch–«

»Okay, okay«, unterbricht sie mich und lacht wieder.

Mein Herz hüpft. So viel habe ich sie ewig nicht lachen gehört.

»Wir könnten Sandwiches beim Open House Café holen, deren Angebot klingt gut und ist vegetarisch.« Ich höre eine leise Provokation in ihrer Stimme, als wolle sie, dass ich protestiere. Aber ich würde Dreck essen, wenn ich nur bei ihr sein könnte.

»Gern, da hab ich keinerlei Einwände. Moment, bist du jetzt Vegetarierin?« Was weiß ich denn sonst noch alles nicht über Savannah?

»Nein, mir ist heute nur irgendwie nach Gemüse.«

»Gut, dann gib die Bestellung auf, und wir fahren gleich vorbei und holen alles ab.«

»Okay.«

Aber bevor sie bestellen kann, klingelt mein Handy.

»Würdest du für mich drangehen?«, bitte ich sie. »Telefonieren und Fahren gleichzeitig geht ja nicht.«

Sie zögert, aber hält sich dann doch das Handy ans Ohr.

»Ist wahrscheinlich jemand, der mir was verkaufen will«, erkläre ich. »Irgendwer versucht schon den ganzen Morgen, mich zu erreichen.«

»Hallo, Gideons Handy«, sagt sie.

Obwohl ich mich auf den Verkehr konzentriere, höre ich ein Murmeln, worauf ein erstauntes »Oh. Ähm, einen Moment, bitte« folgt.

Als ich in die Straße des Cafés abbiege, werfe ich ihr noch mal einen schnellen Blick zu. Sie verdeckt das Telefon mit der Hand. »Wer ist dran?«, frage ich.

Sie leckt sich über die Unterlippe. »Steve. Er will sofort mit dir sprechen. Er erwartet dich am Holiday Park.«

»Steve?«

»Steve, dein ... Ähm, Dinahs Ehemann.«

»Verdammt.« Woher zur Hölle weiß er denn, dass wir zum Holiday Park wollen? Stalkt der mich etwa, wie seine verrückte Alte das so lange gemacht hat?

»Vielleicht solltest du mich wieder zurückfahren.« Savannah rutscht unruhig auf dem Sitz herum, als wäre sie kurz davor, aus dem Wagen zu springen.

»Nein«, sage ich finster. Ich nehme ihr das Telefon aus der Hand und lege auf.

»Hast du ihn gerade weggedrückt?«

»Jep.«

Sie legt die Stirn in Falten. »Und was hast du jetzt vor?«

»Wir«, betone ich, »werden uns was zu essen holen und dann zum Holiday Park fahren.«

»Und was ist mit Steve?«

Ich zucke mit den Schultern. »Tja, ich kann ihn ja schlecht überfahren, insofern werden wir ihn ignorieren müssen.«

Ein leises Lächeln umspielt ihre wunderschönen Lippen. »Zur Hölle mit Steve?«, scherzt sie.

»Zur Hölle mit Steve«, wiederhole ich.

Achtzehntes Kapitel

GIDEON

Heute

Als wir den Park erreichen, erwartet uns schon Steves Bugatti auf dem Parkplatz. Eine Gruppe von Jugendlichen und die dazugehörigen Väter stehen um den Wagen herum und glotzen sich die Augen aus dem Kopf. Steve sitzt auf dem Fahrersitz und genießt die Aufmerksamkeit. Was Dinah wohl mit dem teuren Schlitten machen wird, wenn Steve erst im Gefängnis ist? Wahrscheinlich filmen, wie das teure Ding von einer Klippe in seinen unaufhaltsamen Verschrottungstod stürzt.

»Was könnte er denn von dir wollen?«, fragt Sav. Obwohl sie ganz normal klingt, verrät ihre Haltung, wie angespannt sie ist.

Damit ist sie nicht allein.

»Eine sehr gute Frage.«

»Willst du deinen Vater anrufen?«

»Nein, der würde nur sagen, ich soll mich von ihm fernhalten.«

»Und das ist ein schlechter Rat, weil?«

»Ich habe dich zu einem Picknick in den Park eingeladen. Wir lassen uns doch von Steve nicht davon abhalten, oder?«

Ich lächle sie kurz an, parke den Rover neben einem riesigen SUV, gebe Sav ein Zeichen, im Wagen zu bleiben, während ich rausspringe und vorn herumlaufe, um ihr die Tür zu öffnen. Aus dem Augenwinkel sehe ich, dass Steve ebenfalls aussteigt.

Er bekommt offenbar ein paar Fragen zu seinem Wagen gestellt, deutet aber nur in meine Richtung und lässt enttäuschte Gesichter zurück.

»Nimmst du unser Essen?«, bitte ich Sav.

»Und du willst wirklich nicht wissen, was er möchte?«

»Nein.« Ich werde Steve kein Stück entgegenkommen. Ich bin hier, weil ich einen schönen Tag mit Sav verbringen will. Wenn er etwas von mir will, muss er sich schon selbst ein bisschen bemühen und nicht umgekehrt.

»Die Vermeidungsstrategie funktioniert nie. Glaub mir. Das hab ich oft genug probiert. Bei hartnäckigen Leuten zieht sie erst recht nicht.« Sie grinst leicht.

Widerwillig muss auch ich lächeln. Schließlich weiß ich, dass sie mich damit meint. »Schuldig im Sinne der Anklage, aber ich hoffe sehr, das ist die einzige Ähnlichkeit mit Steve.«

Das ist scherzhaft gemeint, und doch lachen wir beide nicht. Steve hat, verdammt noch mal, eine Frau umgebracht. »Zu früh für Witze?«, frage ich voller Ironie.

Bevor sie antworten kann, ist Steve bei uns.

»Gideon, wie geht's dir, mein Junge?« Er legt den Kopf schief. »Und wen haben wir hier?«

»Savannah.« Ich halte mich nicht mit einer formellen Vorstellung auf, was eigentlich von ziemlich schlechten Manieren zeugt. Wenn Mom hier wäre, würde sie mir dafür eine verpassen. Andererseits ... Wenn Mom hier wäre, käme sie vermutlich gerade aus Steves Bett, denn offenbar hatten die beiden hinter Dads Rücken was miteinander.

»Einen Augenblick«, sage ich zu Savannah. »Ich hole eben den Rest aus dem Kofferraum. Steve, wenn du was zu sagen hast, dann sprich.«

Ich öffne die Heckklappe des Rovers und nehme den Pulli, die Getränke und das kleine Geschenk, das ich Sav gekauft habe, heraus. Ich habe eine Menge Geburts- und Festtage versäumt, das will ich unbedingt wiedergutmachen.

»Wieso gehen wir nicht ein Stück?«, schlägt Steve vor. »Es gibt keinen Grund, kleine, unschuldige Mädchen in unsere Familienangelegenheit zu verstricken.« Er wirft einen alles andere als unschuldigen Blick in Savs Richtung.

Ich schlage den Kofferraum zu und stelle mich neben Savannah. »Was immer du wissen willst, frag. Sav kann das ruhig mitbekommen. Ich habe keine Geheimnisse vor ihr.«

Steve hebt eine Augenbraue. »Ach, im ersten Moment habe ich Sie gar nicht erkannt, Miss Montgomery.«

Sav fährt sich verlegen mit der Hand über die Locken. »Das liegt wahrscheinlich an meinen Haaren. Ich habe sie sonst immer geglättet.«

Steves Stirn bekommt tiefe Falten. »Nein, nein. Es muss an etwas anderem liegen.« Ein fieses Grinsen erscheint auf seinem Gesicht und jagt mir einen kalten Schauer über den Rücken. »Aber ich habe Sie wohl mit jemandem verwechselt.«

In dem Moment wird es mir klar: Er hat die Fotos gesehen. Keine Ahnung, ob Dinah sie ihm gezeigt oder er sie selbst gefunden hat, als er in ihren Sachen rumgeschnüffelt hat, aber er hat sie gesehen. Und jetzt stellt er sich meine süße Savannah ohne Klamotten vor. Ich krame mein Portemonnaie hervor, ziehe einen Zwanziger raus und reiche ihn Sav. »Da drüben ist ein Imbiss.« Ich deute zu einem kleinen, weißen Gebäude. »Würdest du uns eine Flasche Wasser besorgen? Ich wollte eigentlich eine aus dem Café mitbringen, aber das habe ich vergessen.«

Sav greift sehr langsam nach dem Schein.

»Bitte«, schiebe ich nach und frage mich, wie verzweifelt ich wohl klinge.

Unbehaglich schaut sie von mir zu Steve. »Kein Ding«, sagt sie und geht.

Steves Blick klebt an ihr.

»Glotz ihr ruhig weiter auf den Hintern, wenn du meine Faust im Gesicht haben willst«, brumme ich.

Mit leerer Miene wendet er sich zu mir um. »Dabei ist das ein so verdammt schöner Hintern, weißt du? Sogar noch schöner, wenn er von nichts verdeckt wird.«

Ich lasse alles fallen und schlage mit der Faust nach ihm, aber Steve wehrt sie ab, bevor ich ihn damit treffen kann.

»Ich dachte, du hast keine Geheimnisse vor deinem Mädchen? Aber da hast du wohl gelogen. Keine Sorge, dafür hab ich vollstes Verständnis. Auch ich lüge, um den Menschen Schmerzen zu ersparen.« Er lässt meine Hand los.

Ich schlage ihn. Ohne sonderlich viel Kraft, trotzdem erfüllt es mich mit Genugtuung, dass sein Kopf leicht zur Seite ruckt. Steves Gesichtszüge verhärten sich. Er tritt zurück, reibt sich den Kiefer. »Den einen lass ich dir durchgehen, mein Junge. Aber schlag mich noch mal, dann spürt dein Mädchen die Folgen.«

»Was willst du?«, frage ich durch zusammengebissene Zähne.

»Ich will, dass du bei meiner Verhandlung aussagst. Ich weiß, dass Dinah dich erpresst hat, damit du mit ihr ins Bett gehst. Sie stalkt dich noch immer, selbst hier an der

State. Sag bei meinem Prozess einfach, dass sie und Brooke zusammen geplant haben, deine Familie zu zerstören.«

Lieber würde ich eine ganze Python runterwürgen, als das in einem Gerichtssaal von mir zu geben. »Und warum sollte ich?«

Er zuckt mit den Schultern. »Weil ich die Fotos von deiner hübschen Freundin habe.«

Da ist plötzlich so viel Wut und Missmut in mir, dass ich nicht sprechen kann. »Sie ist achtzehn«, sage ich schließlich. »Die Sache mit der Kinderpornografie zieht nicht mehr.«

Seine Mundwinkel zucken. »Wer hat denn von einer Anzeige gesprochen? Ich behaupte mal, dass die Peinlichkeit, seine Nacktfotos im Netz zu wissen, wo jeder Idiot mit einer Internetverbindung darauf zugreifen kann, schlimmer ist als eine kleine Anzeige wegen Sexting zwischen zwei notgeilen Teenies.«

Ich würde ihm nur zu gern noch eine verpassen, aber aus dem Augenwinkel sehe ich, dass Sav sich uns wieder nähert.

»Die Uhr tickt«, sagt Steve. Auch er hat Savannah bemerkt.

Ich wollte die Vergangenheit endlich hinter uns lassen, aber es sieht ganz so aus, als wäre das unmöglich. Vor mir gabelt sich der Weg. Schlage ich den einen ein, zerrt Steve mich hinter sich her, wo ich Müll sammeln und Gift schlucken muss. Nehme ich den anderen, muss ich Savannah alles sagen und unweigerlich dabei zuschauen, wie sie erneut verletzt wird und sich möglicherweise nie von diesem Vertrauensbruch erholt.

Obwohl ich die Fotos weder selbst noch mit Absicht veröffentlicht habe, so waren sie doch auf meinem Handy, als Dinah es in die Finger bekam. Ich hätte sie sofort löschen sollen. Ich hätte etwas tun sollen, um Sav zu schützen. Aber bei Steves Prozess auszusagen wird das Problem auch nicht lösen. Eher wird es neue schaffen. Das weiß ich jetzt.

»Ich werde dir nicht helfen«, sage ich.

Schon steht Sav neben mir. Ich nehme ihre glatte, zarte Hand.

»Schade.« Er nickt in Savs Richtung. »Schön, Sie kennengelernt zu haben, Miss Montgomery. Gideon, wenn du deine Meinung änderst, weißt du ja, wo du mich finden kannst.«

Angespannt sehe ich ihm nach, als er sich entfernt. Er bleibt an meinem Rover stehen und schlägt mit der Hand gegen die Kofferraumklappe. Ohne sich umzudrehen, sagt er mit klarer, lauter Stimme: »Du solltest dir was Neues zulegen. Etwas, das noch nicht so runtergekommen ist.«

Ich stürze ihm nach. Savannah schreit meinen Namen, aber ich bin zu wütend. Nach nur zwei Schritten bin ich bei Steve, packe ihn an der Schulter und reiße ihn rum. Ich ramme ihm die Faust ins Gesicht. Meine Fingerknöchel treffen auf seine Zähne. Ich hole noch einmal aus, doch da spüre ich zwei kleine Hände, die an meinem Arm ziehen.

»Hör auf!«, ruft Savannah.

Steve schüttelt den Kopf. Blut läuft ihm aus dem Mundwinkel. »Ich hab dir doch gesagt, dass ich dir nur einen durchgehen lasse.«

Ich strecke die Arme aus. »Dann mal los, alter Mann.«

Er tritt zurück und hebt den Zeigefinger. »Es gibt bessere Mittel und Wege, jemanden zu verletzen, ganz ohne zuzuschlagen. Das ist etwas, was ihr Royal-Jungs nie begriffen habt. Der Himmel weiß, wie sehr ich versucht habe, euch das beizubringen, aber was das angeht, kommt ihr alle zu sehr nach eurem Vater.« Er grinst. »Eure Mutter wusste, wie man sich rächt. Daran solltest du dir mal ein Beispiel nehmen.«

Ich will mich auf ihn stürzen und so lange zuschlagen, bis von seinem Gesicht nichts als Brei übrig ist, aber Sav hält mich zurück. »Das bringt dich auch nicht weiter«, warnt sie.

Ihre Worte dringen durch meine blinde Wut. Sie und Steves Selbstgefälligkeit. Wahrscheinlich hat er irgendeinen Polizisten in der Tasche, der mich ohne Probleme wegen Körperverletzung drankriegen würde. Und dann hätte ich zwei Damoklesschwerter über meinem Kopf schweben.

»Lass uns gehen.« Ich nehme Savs Hand.

Sie folgt mir ohne Widerstand. Ich könnte schwören, Steve hinter uns lachen zu hören, trotzdem zwinge ich mich weiter vorwärts.

»Ich muss dir später was erzählen«, sage ich finster.

»Ich nehme an, es hat was mit Steve zu tun.«

»Gut geraten.«

Sie zögert, sagt dann: »Mir gefällt das nicht, es macht mich ziemlich nervös. Kannst du mir nicht einfach sofort sagen, was los ist, oder muss ich für den Rest des Tages meine wilden Theorien weiterspinnen?«

Ich beuge mich runter und hebe meinen Pulli auf, den ich vorhin fallen gelassen habe. »Da bleiben uns wohl nur zwei Möglichkeiten. Entweder gehen wir die zwanzig Minuten bis zu der Stelle, die ich für unser Picknick ausgesucht habe, oder aber wir setzen uns ins Auto.«

Sie schaut erst nach rechts, dann nach links. »Wie wäre es denn genau hier? Es ist doch niemand in der Nähe.«

Nun sehe auch ich mich um. Gar nicht so weit entfernt ist ein Baseballfeld. Ein paar Spieler werfen dort Bälle, um sich aufzuwärmen, aber von denen kann uns vermutlich keiner hören. Es ist nicht gerade meine erste Wahl für ein Geständnis dieser Größenordnung – viel zu öffentlich. Aber wahrscheinlich würde ich mich überall so ausgestellt fühlen.

Ich betrachte sehr lange Savannahs Gesicht. In ihren Augen erahne ich Besorgnis, davon abgesehen aber keine Spur des angespannten, wütenden Ausdrucks, der seit unserer Trennung fast permanent auf ihren Gesichtszügen lag.

Ich vermute, das ist es, was ich am allermeisten hasse – dass ich den Frieden zerstören werde, den sie sich so lange und hart erkämpft hat.

Mit einem leisen Seufzer strecke ich mich und suche nach den Worten, mit denen ich am besten gestehen kann, was ich gestehen will. In der entstandenen Stille lässt Savannah eine Bombe platzen, die mich bis ins Mark erschüttert.

»Geht es um die Selfies, die ich dir geschickt habe und die Dinah gefunden hat?«

»Was?« Sprachlos starre ich sie an. »Du weißt davon?«

Ein Mundwinkel hebt sich zögerlich zu einem traurigen Lächeln. »Wolltest du mich beschützen, indem du das geheim hältst?«

Stumm nicke ich.

Sie schlingt die Arme um sich. »Na, das ist ja wenigstens etwas, schätze ich. Lange habe ich gedacht, dass sie da rangekommen ist, weil du sie ihr gezeigt hast.«

Ich fluche laut. »Machst du Witze? Ich habe sie niemandem gezeigt. Sie hat sie sich einfach kopiert.«

Sav legt den Kopf schief und betrachtet mich sehr, sehr lange. Dann scheint sie eine Entscheidung zu fällen, denn sie nickt und sagt: »Ich habe eins und eins zusammengezählt, nachdem Ella mich angefleht hat, kein Wort darüber zu verlieren.«

»Warte, Ella weiß von den Fotos?« Dann zähle auch ich eins und eins zusammen. »Warum überrascht mich das überhaupt? Natürlich hat Reed das ausgeplaudert.« Ich runzle die Stirn. »Aber ... woher weiß Ella, dass du davon weißt?«

»Sprichst du denn gar nicht mit ihr?« Kleine Fältchen bilden sich an ihren himmelblauen Augen, als würde sie über meine Einfältigkeit lachen.

Ich nehme es ihr nicht übel. Sie kann mich auslachen, so viel sie will.

»Ehrlich gesagt nicht. Ich hab den Eindruck, dass man sich mit ihr mehr Ärger einhandelt als nötig.« Um ehrlich zu sein, konnte ich Ella von Anfang an nicht ab. Taucht aus heiterem Himmel eines Tages in meinem Zuhause auf und bringt meinen Bruder unter ihre Fuchtel.

»Reed hat mich einmal in der Schule angesprochen und mir erklärt, dass ich mich in dir täusche«, sagt Sav. »Dass du mir nie wehtun würdest. Dummerweise habe ich darauf erwidert, dass du, wenn du mir nicht wehtun wolltest, unseren Privatkram auch für dich behalten würdest.«

Ich seufze schwer. »Und dann hat er kapiert, dass du von den Fotos sprichst, weil ich ihm von Dinahs Drohung erzählt habe, als ich herausfand, dass er mit Brooke schlief.«

»Das ist ganz schön verkorkst«, sagt sie und seufzt selbst. »Was ich bis jetzt nicht verstehe, ist, warum du nicht mal was gesagt hast? Warum bist du nicht zu mir gekommen? Ich hab gedacht, dass du mich hasst. Dass du hinter meinem Rücken über mich lachst.« Sie schluckt und lässt den Blick auf den Boden sinken.

Ein riesiger Kloß klettert mir in den Hals. »Ich wollte nicht riskieren, dass du wegen der Fotos ins Gefängnis musst. Ich hätte sie einfach sofort löschen sollen. Aber ich hab sie behalten. Alle. Ich habe mich schuldig gefühlt. Und dumm. Und deshalb hab ich mich von Dinah manipulieren lassen. Es tut mir leid. Es tut mir so verdammt leid.«

Ich muss ihr Gesicht nicht sehen, um zu wissen, dass ihr

Tränen in den Augen stehen. Ich höre sie in ihrer Stimme. »Steve kennt sie, nicht wahr? Deshalb hat er gesagt, dass du dir etwas Neues suchen sollst, das noch nicht so abgenutzt ist?«

»Ja.«

Eine Träne bahnt sich den Weg unter ihren geschlossenen Lidern hindurch.

»Es tut mir leid.« Gibt es vier Wörter, die unzulänglicher sind als *es tut mir leid?*

»Wie ist er da rangekommen?«

»Ich habe keine Ahnung. Ich habe gerade erst kapiert, dass er sie gesehen haben muss. Er hat mich gebeten, vor Gericht für ihn auszusagen. Im Gegenzug will er deine Fotos nicht ins Internet stellen.«

Das Geräusch, das sie ausstößt, ist herzzerreißend, mir wird ganz schlecht. Zwei weitere Tränen folgen.

Ich lege ihr zärtlich die Hände auf die Schultern. Erleichtert atme ich auf, als sie nicht wegzuckt. Sie holt ein paarmal tief Luft, bevor sie sich aufrichtet.

Sie lächelt. Ein schüchternes, unsicheres Lächeln. »Hätte ich dich mal nicht davon abgehalten, ihn zu verprügeln.«

»Allerdings.«

Ein Kichern kommt aus ihrer Kehle. Auf ihrem Gesicht lese ich Traurigkeit und Enttäuschung, aber ich habe den Eindruck, sie richten sich nicht auf mich.

»Warum bist du nicht wütend auf mich?«, frage ich.

»Hast du Steve die Fotos gezeigt?«

»Nein.« Ich habe nicht mal Reed von den Selfies erzählt, bis er einen Grund dafür hören wollte, warum ich mit Dinah schlafe. Das mit der Erpressung sprudelte dann in Form eines wirren, betrunkenen Geständnisses aus mir raus.

»Also gut. Ich kann dir ja schlecht die Schuld daran

geben, leichtsinnig mit deinem Handy umgegangen zu sein, wenn ich so leichtsinnig war, dir die Fotos überhaupt erst zu schicken.« Sav nimmt meine Hand – nicht, um sie wegzuschieben, sondern um mich näher zu sich zu ziehen. »Außerdem habe ich echt keinen Bock mehr, ständig wütend zu sein.«

Meine Erleichterung ist so überwältigend, dass ich mich am liebsten kurz hinlegen würde. Aber dafür haben wir keine Zeit. Steve ist gefährlich, aber es gibt noch einen anderen Weg als den, den Steve vorgeschlagen hat.

»Ich sage aus, wenn du das möchtest. Aber er wird uns trotzdem weiter in der Hand haben.«

Sie schaut zu mir auf. »Hast du noch einen anderen Vorschlag?«

»Ja.«

Und dann erzähle ich ihn ihr.

Neunzehntes Kapitel

SAVANNAH

Heute

Gideons Plan ist eigentlich ziemlich simpel. Wir bringen Ella dazu, uns den Schlüssel zu Steves und Dinahs Penthouse zu geben, und pflücken da alles auseinander, bis wir die Fotos gefunden haben.

»Und dann bekämpfen wir Feuer mit Feuer«, schließt er.

»Du willst Nacktfotos von Steve machen und sie im Internet veröffentlichen?«, frage ich gedehnt und sehr verwirrt. »Das klingt nämlich ganz schön schrecklich. Ich würde ihn ja schon so äußerst ungern fotografieren – aber ganz sicher nicht ohne was an.« Bei dem Gedanken muss ich fast würgen.

»Nein, nein, wir wollen ja schließlich nicht der ganzen Welt den Spaß am Internet verderben«, erwidert er trocken. »Steve hat das nur nicht ganz zu Ende gedacht. Wie würde er denn erklären, dass er im Besitz der Fotos ist? Du warst noch minderjährig, als sie entstanden sind. Wenn sie an die Öffentlichkeit geraten und man sie bis zu ihm zurückverfolgen kann, wird die Liste seiner widerlichen Schandtaten nur noch länger. Und er will mich doch gerade deswegen erpressen, damit ich vor Gericht aussage, was für ein toller Typ er ist, der keiner Fliege was zuleide tun könnte. Ich dachte, wir bringen ihn mithilfe der Fotos dazu, erstens zuzugeben, wie er da rangekommen ist, und zweitens, was er damit vorhat. Das nehmen wir dann auf und verwenden es gegen ihn.«

»Wozu brauchen wir denn dann überhaupt die Fotos?«

»Als Druckmittel. Und wenn wir sie haben, dann ist er gezwungen, mit klaren Worten darüber zu sprechen, weil er mit den ganzen vagen Andeutungen, mit denen er heute hier rumgetönt hat, nicht mehr durchkommt.«

»Also, ich weiß nicht«, sage ich. »Einen Erpresser zu erpressen erscheint mir nicht gerade der klügste Schachzug. Rache führt doch nie zu einem guten Ende, es ist eine Spirale, die einen nur immer weiter reinreitet. Dinah will Steve ermorden, also will Steve Dinah ermorden, erwischt aber versehentlich ihre beste Freundin. Wer kann denn absehen, was uns droht, wenn wir deinen Plan umsetzen?« Ich seufze. »Ganz im Ernst – ich habe Angst vor Steve.« Ihm aus dem Weg zu gehen klingt für mich immer noch nach der allerbesten Vorgehensweise.

»Ich werde nicht zulassen, dass er dir auch nur ein Haar krümmt«, schwört Gideon. »Ich weiß, der Plan ist nicht der beste der Welt, aber wir können schließlich nicht alle Kopien vernichten. Die Fotos sind digital gespeichert, egal, wo wir sie auch löschen und wie oft, ganz verschwinden werden sie womöglich nie.«

»Diese Aussicht macht mich alles andere als glücklich.«

»Ich weiß.«

Er klingt gequält, schmerzerfüllt. Hätte ich eher gewusst, wie sehr ihn das belastet, hätte ich ihm dann schneller vergeben? Ich glaube nicht. Wer verletzt ist, hört nicht so richtig hin, verschließt Augen und Herz. Im Grunde bin ich wohl jetzt erst bereit dazu.

Ich lege ihm eine Hand auf den Arm. »Ist schon okay.«

Er legt seine darüber. »Ich sorge dafür, dass es okay wird.«

Und weil ich weiß, dass ich einen störrischen Royal sowieso nicht von seinem Plan abbringen werde, wenn er sich erst mal etwas in den Kopf gesetzt hat, sage ich dazu nur: »Gut.«

Erleichtert grinst er mich an. »Erster Schritt: Ella anrufen. Sie hat Zugang zu Steve.«

Ich verziehe das Gesicht. Ella und ich verstehen uns nicht gerade glänzend. Und das einzige Mal, wo wir uns zusammengetan haben, war, als wir uns an Daniel Delacorte gerächt haben, dem Vergewaltiger, der gerade an irgendeiner Militärschule gedrillt wird. Damit ist er meiner Meinung nach viel zu leicht davongekommen, aber immerhin kann er so keinem Mädchen mehr etwas zuleide tun. Mir ist es peinlich, dass Ella von den Fotos weiß. Wenn ich ehrlich bin, hauptsächlich weil ich Ella bewundere.

Sie ist echt mutig und direkt. Als Jordan Carrington sie demütigen wollte, indem sie ihr statt der echten Cheerleaderklamotten nichts als Unterwäsche gab, die noch dazu so knapp ausfiel, dass sie dieser Bezeichnung nicht mal gerecht wurde, hat Ella nicht mit der Wimper gezuckt, den Tanga und den durchsichtigen BH angezogen und ist ernsthaft so in die Sporthalle gegangen, in der es von Footballspielern nur so wimmelte.

Ich war nicht dabei, aber ich habe gehört, dass wirklich alle sie angeglotzt haben. Und dabei war sie im Grunde genommen nackt. Aber das war ihr egal. Oder zumindest war es ihr egal genug, sich davon nicht abhalten zu lassen. Ich sollte mir wohl mal ein Scheibchen von ihr abschneiden.

»Dann los.« Ich stehe auf und klopfe mir den Staub ab.

Gid greift nach seinem Pulli und dann nach meiner Hand. Zusammen gehen wir zu seinem Wagen. Kaum sitzen wir drin, ruft er auch schon Ella an.

Sie geht sofort dran. »Hey, Gid«, sagt sie. »Was kann ich für dich tun?«

»Kann ich denn meine kleine Schwester nicht einfach mal anrufen, um Hallo zu sagen?«, scherzt er.

»Nein. Wenn ich mich recht erinnere, hast du dich bisher nur bei mir gemeldet, um mir zu sagen, dass ich mich von Reed fernhalten soll.«

Mutig und direkt eben. Ich wende mich ab, damit Gideon nicht sieht, dass ich lächle.

»Offenbar habe ich da einiges wiedergutzumachen«, sagt er.

»Oh, echt? Na dann. Ich liebäugele schon lange mit einem dieser Jets, die bei *AA* vom Band rollen. Ich hätte gern einen mit weißem Leder und pinken Nähten.«

»Deal«, sagt er sofort.

»Das hab ich nicht ernst gemeint.«

»Ich schon.«

»Gideon!« Ich schlage ihm gegen den Arm.

»Was denn?«

»Ist das Savannah?«, will Ella wissen.

»Ja, bin ich. Wir wollen um deine Hilfe bitten.«

»Und genau deshalb war das von mir auch ernst gemeint«, sagt Gid. »Außerdem kenne ich jemanden bei *Atlantic Aviation*. Vermutlich könnte ich Prozente bekommen.«

»Haha«, sage ich voller Ironie.

»Wenn's für Savannah ist, mach ich das auch ganz umsonst«, sagt Ella.

Vor Überraschung ziehe ich die Augenbrauen sehr hoch. Es ist mir unerklärlich, warum sie das tun sollte – ich war schließlich nie wirklich nett zu ihr. Und genau das sage ich auch. »Eigentlich müsste ich noch was drauflegen, ich hab doch nie was für dich getan.«

»Doch, hast du«, kontert sie.

»Wann denn?«

»Die Sache mit Daniel«, meldet sich nun Gideon zu Wort.

»Genau«, bestätigt Ella. »Reed hat mir erzählt, dass du ihn gesucht hast. Wenn du nicht gewesen wärst und eingegriffen hättest, wer weiß, was mir da noch alles passiert wäre. Es tut mir immer noch leid, dass ich nicht gleich auf dich gehört habe. Und genau deshalb schulde ich dir was, und wenn du nicht zulässt, dass ich das endlich mal begleiche, werde ich mich für den Rest meines Lebens schuldig fühlen. Willst du mir das wirklich antun?«

»Auf keinen Fall«, sage ich lachend. Ellas Frotzelei bricht das Eis, das sich zwischen uns gebildet hatte.

»Also, ich liege gerade am Pool, Gideons liebstem Ort auf der ganzen Welt. Dann mal raus mit eurer Bitte.«

»Das ist nur mein zweitliebster Ort auf der Welt«, korrigiert Gideon sie, nimmt meine Hand und legt sie sich aufs Bein. »Mein absoluter Lieblingsort ist hier, direkt neben Sav.«

Obwohl der Spruch an Schmalzigkeit nicht zu überbieten ist, werde ich ein bisschen rot.

»Hach«, sagt Ella offenbar scherzhaft. »Wie süß. Und so romantisch. Das hätte ich dir ja gar nicht zugetraut, Gid.«

Er zuckt nur mit den Schultern, was Ella ja nicht sehen kann, und grinst mich schnell an. Die beiden kennen einander wirklich gar nicht. Ich lehne mich vor und drücke ihm bestärkend das Knie. »Gid ist der romantischste von allen Royals«, protestiere ich. »Der Typ für die ganz großen Gesten.«

»Im Ernst?«, fragt Ella schockiert.

»Hast du wirklich nie die Geschichte gehört, wie er mal alle Flure der *Astor Park* mit Rosen ausgelegt hat, nur um sich dafür zu entschuldigen, dass er mich abgewimmelt hatte?«

»Im Ernst?«, wiederholt sie. »Nee, die Story hab ich wirklich noch nie gehört.«

Gideon neben mir läuft rot an. Er räuspert sich. »Na, das können wir dir ja ein andermal in aller Ausführlichkeit erzählen. Nur so viel: Ich habe mich ziemlich lang ziemlich dumm benommen, weshalb ich immer spektakulärere Wege der Wiedergutmachung einschlagen musste.«

»Was hast du denn diesmal für sie organisiert?«

»Wieso glaubst du, dass ich was für sie organisieren musste?«

»Du hast gesagt, du hast dich ziemlich lang ziemlich dumm benommen. Offen gesprochen ist das ja ein sehr dominanter Charakterzug bei euch Royals.«

Ich lache laut los. »Wie wahr!«, stoße ich zwischen zwei Lachsalven hervor, und Ella lacht gleich mit.

Gideon erträgt es mit Fassung. Wahrscheinlich ist es ihm lieber, wir verbünden uns im Scherz gegen ihn, als uns zu streiten.

»Wie gefällt es dir an der *State*, Savannah? Alles gut?«, fragt Ella.

»Oh ja!«

»Ich beneide dich dafür, dass du deinen Abschluss ein Jahr eher machst. Ich wusste nicht mal, dass das geht.«

»Sav ist seit ihrem ersten Tag an der *Astor* auf der Überholspur.« Der Stolz in Gideons Stimme lässt mich rot anlaufen.

»Ich muss nur ein paar Kurse an der *West-Marks Academy* belegen«, erkläre ich ihr. »So bekommt man die frühere Studienzulassung.«

»Trotzdem, Sav, das ist echt cool.«

Ihr Lob beflügelt mich richtig. Ella ist eine ziemlich coole Socke, was ich ihr sogar lange sehr übel genommen habe. Dass sie mich cool findet, macht mich verdammt glücklich.

Nun räuspert sie sich. »Soviel Spaß es auch macht, auf Gideon rumzuhacken, ich schätze mal, deshalb habt ihr nicht angerufen?«

Sofort werde ich wieder ernst. »Nein.« Ich komme gleich zum Punkt. »Steve hat Gideon einen Besuch abgestattet.«

»Oh nein.« In den zwei kleinen Wörtern steckt eine Menge Kummer und sogar eine Spur von Scham, wie ich finde. Ob Ella sich für die Taten ihres Vaters mitverantwortlich fühlt? Sollte sie nicht. Steve ist schließlich längst erwachsen, und er ist derjenige, der entschieden hat, jemanden umzubringen.

»Doch, leider. Er will, dass ich für ihn aussage. Du weißt schon, was er doch für ein guter Mensch ist und dass er keiner Fliege was zuleide tun könnte«, wirft nun Gideon ein, seine Stimme voller Verachtung. »Dafür wird er dann darauf verzichten, Fotos von mir und Sav ins Internet zu stellen.«

»Oh Gott. Das tut mir so leid, Savannah.«

»Muss es nicht, du hast die Fotos schließlich nicht verschickt, das war allein ich.«

»Aber Steve ist mein Vater«, sagt sie und bestätigt damit meine Vermutung.

»Und wie genau hast du dafür gesorgt, dass er zu so einem schrecklichen Menschen wurde?«

»Okay, du hast ja recht. Mich trifft keine Schuld an seinem Verhalten, aber aus irgendeinem Grund fühle ich mich trotzdem schlecht. Also, ich kann euch eins sagen: Dinah hat vor meinen Augen alles verbrannt. Alle Gerichtsakten, Fotos und was sie sonst noch über die Familie hatte. Damit wollte sie sich wohl auf ihre Art dafür bedanken, dass ich ihr das Leben gerettet habe, vermute ich mal. Aber wenn irgendwas digital vorlag, dann gibt es davon sicher noch irgendwo eine Kopie.« Sie seufzt schwer. »Was kann ich tun?«

»Wir wollen ins Penthouse und dort suchen«, antwortet Gideon. »Irgendwo muss die digitale Kopie ja sein.«

»Die Polizei hat seine ganzen Computer und Speichermedien und all den anderen Kram beschlagnahmt.«

»Weißt du, was sie gefunden haben?«

»Laut Callums Anwälten nicht viel«, räumt Ella ein.

»Er hat jetzt ein neues Handy.«

»Stimmt.«

»Und wahrscheinlich ein paar neue Bankkonten.«

»Wahrscheinlich.«

»Er hat sechs Monate im Ausland überlebt und irgendwie hierher zurückgefunden, ohne auf eins seiner Konten zuzugreifen, sonst wäre Dad damals sofort informiert worden.«

»Willst du damit sagen, dass ihm jemand geholfen haben muss? Steve hat behauptet, dass er nur Hilfe von den Einheimischen hatte, die ihn fanden.«

»Und Steve war ja bislang in allen Punkten so unglaublich ehrlich und wahrheitsliebend.«

»Da hast du natürlich auch wieder recht.« Es folgt eine etwas längere Stille, während Ella offenbar über das Gesagte nachdenkt.

»Was nützt es denn eigentlich, das Penthouse zu durchsuchen?«, frage ich. »Denn selbst wenn wir finden, wonach wir suchen, wird es trotzdem noch immer irgendwo eine Kopie geben, das ist uns doch allen klar.«

»Aber wenn wir seine Kopien finden und löschen, dann haben wir zumindest schon mal etwas erreicht.«

»Vielleicht reicht es ja auch, wenn wir uns auf das konzentrieren, was wir beeinflussen können. In diesem Fall ist das meine Reaktion. Wenn er die Fotos veröffentlicht, kann ich doch verfügen, dass sie gelöscht werden. Ich war damals minderjährig, weshalb es gegen das Gesetz verstößt, die Bilder online zu verbreiten.«

»Trotzdem gibt es Seiten, die sie zeigen werden«, betont Gideon.

»Und? Muss ich mich etwa dafür schämen, wie ich aussehe?« Hitze steigt mir in die Wangen.

»Nein, keineswegs. Du bist auf jedem einzelnen dieser Fotos absolut hinreißend. Warum meinst du denn, dass ich sie behalten habe? Sie waren viel zu schön, um sie zu löschen«, sagt er etwas betrübt.

»Du bist wunderschön, Savannah. Deine Beine sind der Hammer, überhaupt dein ganzer Körper. Ich war von Anfang an eifersüchtig auf dein Aussehen«, sagt nun auch Ella.

»Da hörst du's.« Gideon klingt sehr süffisant. »Zwei von sechs Royals finden, es gibt nichts Heißeres als dich auf dieser Seite der Mojavewüste.«

»Reed und Easton kannst du gleich noch dazurechnen«, sagt Ella. »Die finden dich auch beide superhübsch.«

Eastons Namen lässt mich jedes Mal zusammenzucken, seit wir was miteinander hatten. Ein verstohlener Blick zu Gideon verrät mir jedoch, dass er darüber eher amüsiert als wütend ist.

»Dann eben vier von sechs. Das ist absolute Mehrheit.«

»Also gut, wenn die absolute Mehrheit der Royals das so sieht, dann muss es ja stimmen.« Dabei weiß ich schon gar nicht mehr genau, worum es überhaupt geht.

»Ich lege dann mal auf, schließlich ist das jetzt nicht mehr zu toppen«, verkündet Ella. »Meldet euch, wenn ihr noch was braucht.«

Nachdem wir uns verabschiedet haben, trommelt Gideon mit den Fingern aufs Lenkrad. »Und du willst wirklich rein gar nichts tun?«

Darüber muss ich nicht mal nachdenken. »Selbst wenn wir irgendwas finden würden, worauf die Fotos gespeichert sind, glaube ich nicht, dass das irgendetwas an seiner Drohung ändern würde. Wir können ihm nur den Wind aus den Segeln nehmen, wenn er keine Macht mehr über mich hat. Und genau deshalb würde ich nichts tun.«

»Nicht mal billige Rache?«

Billige Rache? »Dazu ließe ich mich vielleicht überreden. An was hattest du gedacht?«

»Soweit ich weiß, ist Steves Vermögen eingefroren, und fliegen darf er auch nicht. Sein einziges Mittel, um sich auszutoben, ist momentan sein Bugatti.« Gideon hebt eine Braue. »Ich habe zu Hause noch einen Baseballschläger, da steht praktisch sein Name drauf ...«

»Dafür könntest du verhaftet werden«, sage ich.

»Ist das ein Nein?«

Ich greife nach dem Sicherheitsgurt. »Keineswegs. Ich habe nur gesagt, dass du dafür verhaftet werden könntest. Aber ich zahle dann die Kaution für dich, keine Sorge.« Ich grinse ihn breit an. »Vielleicht lass ich mich ja dazu hinreißen, selbst ein paarmal auf den Wagen einzudreschen.«

Zwanzigstes Kapitel

SAVANNAH

Heute

»Bayview ist für Steve wie ein Gefängnis. Wenn er nicht dort ist, meint er, er kann machen, was er will, und kommt damit durch«, erklärt mir Gid und steuert dabei den Wagen über eine breite, asphaltierte Straße, die zu beiden Seiten von riesigen Steinhäusern gesäumt wird.

»Wo sind wir hier?« Ich drehe mich auf dem Beifahrersitz, um mir diesen Teil der Stadt anzuschauen, in dem ich noch nie zuvor war. Es herrscht nicht viel Verkehr, dafür ist es sehr grün, und jedes Grundstück ist von einem Zaun umgeben.

»Da, wo man nur das Beste bekommt«, ist Gids kryptische Antwort.

Er biegt zweimal ab und drosselt auf Schneckentempo.

»Ich trau mich gar nicht zu fragen, wieso du das hier kennst«, sage ich und schaue durch die Windschutzscheibe in eine dunkle, enge Gasse.

»Ein paar aus dem Verbindungshaus waren letzten

Herbst hier. Ich vermute, sie wollten Cal und mich beeindrucken.«

»Will ich wissen, was da drin genau passiert?«

»Höchstwahrscheinlich nicht«, gibt er zu. »Aber es ist genau die Art von Laden, die Steve anspricht.« Will sagen, wer was Schmutziges, Widerwärtiges sucht, wird dort drin ganz sicher fündig. »Guck, da steht er ja.« Er deutet nach links.

Wir kriechen immer noch im Schneckentempo an Steves extrem teuren Sportwagen vorbei. Gideon fährt bis zum Ende der Gasse und parkt vor ein paar Büschen, die eine kleine Auffahrt abschirmen.

»Warte kurz«, sagt er und greift nach den Lebensmitteln auf dem Rücksitz, die wir auf dem Hinweg eingekauft haben.

»Die Mortadella ist also nicht fürs Abendessen?«, frage ich trocken.

»Wenn noch welche übrig bleibt, kannst du sie gern haben.« Von irgendwoher zaubert er nun auch noch eine schwarze Baseballkappe hervor. »Bitte sehr.«

Ich nehme sie entgegen und drehe sie ein paarmal in der Hand. »Ist das zur Tarnung?«

Auch er hat ein Exemplar davon und setzt es sich auf. »Genau. Es gibt hier zwar keine Kameras, aber sicher ist sicher. Davon abgesehen siehst du rattenscharf aus mit Käppi.«

Bevor er aus dem Wagen springt, lächelt er mich noch einmal kurz an. Ich ziehe das Käppi über und durchsuche dann meine Handtasche nach einem Haargummi. Der einzige Nachteil einer ungebändigten Lockenpracht ist, dass sie einem ständig in die Quere kommt. Als ich meine Haare zusammengefasst habe, öffnet Gideon mir auch schon die Tür.

»Bereit?«

»Bereit«, antworte ich und nehme die Hand, die er mir entgegenstreckt.

Er hält sie fest, während er die Tür mit einem Hüftschwung zuschlägt, dann führt er mich die stille Gasse hinunter.

Wir passieren einen teuren Schlitten nach dem anderen, bis die Neugier mich übermannt. »Ich muss das jetzt fragen. Was genau geht da drin vor?«

Er zuckt nur mit den Schultern. »Was willst du, und wie viel Geld hast du? Das ist so ziemlich die einzige Maßgabe.«

Meine Fantasie galoppiert mit dieser Information davon, aber ich stelle keine weiteren Fragen, weil wir Steves Wagen erreicht haben. Gideon holt eine Flasche Sekundenkleber und ein kleines Küchenmesser hervor, dann geht er neben dem Vorderreifen auf der Beifahrerseite in die Hocke. »Hier, halt mal«, sagt er und reicht mir den Kleber.

Ich halte ihn in den Händen, während Gideon die Kappe vom Ventil schraubt und die Messerspitze hineindrückt. Mit einem Zischen entweicht die Luft aus dem Reifen.

»Ich lasse die Luft ab und dann kleben wir die Kappen mit dem Sekundenkleber fest«, erläutert er.

»Und wofür sind Mortadella, Käse und Erdnussbutter?« Das hätte ich liebend gern vorhin schon gefragt, als er das alles in den Einkaufswagen legte, aber ich wollte mich gedulden und abwarten, wie sein Plan aussieht.

»Den Käse stecken wir in die Lüftung. Der sollte während der Fahrt schmelzen, und dann stinkt es ordentlich im Wagen. In der Mortadella ist Phosphorsäure, die ist nicht gut für den Lack. Dasselbe gilt für die Erdnussbutter.«

»Und die Mayo?«

»Ist für die Windschutzscheibe.«

»Lernst du das etwa am College?« Mit einem Seufzer reiche ich ihm den Kleber für die Kappe.

Schon schraubt er sie wieder auf das Ventil und knöpft sich den nächsten Reifen vor. »Cal und ich haben uns mal eine ganze Nacht mit der Recherche um die Ohren geschlagen, was man mit Lebensmitteln so alles anstellen kann. Damals machte ein Artikel die Runde, in dem beschrieben wurde, wie man aus dem, was es an einem gewöhnlichen Flughafen zu kaufen gibt, eine Bombe basteln kann, worüber wir uns eine hitzige Diskussion lieferten, ob man auch mit nichts als einem Einkauf im Bioladen Sprengstoff hinkriegt.«

»Klingt nach einer unglaublich geistreichen Diskussion«, scherze ich.

»Ja, oder? Wir sind eben zwei Intellektuelle.«

Während er das mit den Reifenventilen zu Ende bringt und sich dann um die Lüftung kümmert, schmiere ich Mayo auf die Windschutzscheibe. Das macht eigentlich viel zu viel Spaß. Summend drücke ich den letzten Rest auf die Scheibenwischer und gehe dann zur Erdnussbutter über. Bis Gideon zu mir stößt, habe ich bereits die Windschutzscheibe, die beiden Türen und die Motorhaube dekoriert.

»Tada«, sage ich und deute mit ausgestreckten Armen zum Wagen.

Er nickt anerkennend. »Gute Arbeit.«

Ich muss kichern. »Vandalismus macht ziemlichen Spaß. Was machen wir denn, wenn ich danach süchtig werde?«

»Mein Konto ist noch recht prall gefüllt. Die Kaution müsste schon drin sein.« Er nimmt meine Hand, und dann joggen wir zurück zu seinem Rover.

»Aber wenn du einmal meine Kaution zahlst, heißt das ja noch lange nicht, dass ich danach nichts mehr anstelle«, warne ich.

Seine Mundwinkel zucken, als er die Tüte mit den leeren Verpackungen in den Kofferraum wirft. Die Hitze in diesem Lächeln könnte mich einen ganzen Winter lang wärmen. Ich hole tief Luft, nur um im selben Augenblick zu merken, wie atemlos ich eigentlich bin.

Gideon zieht mich an sich. »Wie schon gesagt, die Kaution zahl ich.«

Ich habe das Gefühl zu schwanken. Meine Knie werden schwach, meine Körpermitte neigt sich Richtung Gid. »Wie oft, ist ja die eigentliche Frage?«

»So oft du willst.« Sein Mund ist nur einen Hauch von meinem entfernt. Sein Atem riecht nach Pfefferminze, ich spüre ihn warm an meiner Wange. »So lange du willst.«

Seine Hand fährt von meinem Handgelenk zum Ellbogen, dann hinauf zu meiner Schulter, zu meinem Gesicht. Da höre ich auf zu atmen. Die Luft ist zu schwer für meine Lunge. Ich habe Angst, dass er verschwindet, wenn ich nur die kleinste Bewegung mache. So wie in meinen vielen, vielen Träumen früher.

»Savannah«, murmelt er. Sein Daumen streichelt über mein Kinn und legt sich dann mittig auf meine Unterlippe.

Ich spüre diese Berührung bis tief in mein Innerstes. Seine andere Hand legt sich um meinen Hinterkopf. Langsam, ganz langsam, zieht er mich zu sich, gibt mir Zeit, mich abzuwenden, sollte ich das wollen. Aber ich komme ihm entgegen, gehe auf die Zehenspitzen. Näher. Immer näher, um die Lücke zwischen uns zu schließen. Nah genug, bis meine Lippen seine berühren. Nah genug, um zu spüren, wie sich sein Brustkorb hebt und senkt, weil er so sehr nach Luft schnappt. Nah genug, um die Vergangenheit auszulöschen, den Schmerz, den Kummer.

Nah genug, dass da nichts anderes mehr ist als er.

Sein Herzschlag in meinen Ohren. Seine Zärtlichkeit ein

süßer Geschmack auf meiner Zunge. Wir küssen uns, als stünden wir nicht mitten auf der Straße nur ein Stück entfernt von einem Wagen, den wir gerade beschädigt haben. Wir küssen uns, als hätten wir uns nie gestritten. Nie auch nur ein schlechtes Wort übereinander verloren. Als wären wir nie getrennt gewesen.

Er umfasst mich fester, als hätte er Angst, ich wäre der Traum, und darüber muss ich lächeln, es gibt mir Mut. Ich presse mich an ihn, drücke, bis er mit dem Rücken gegen den Rover stößt. Ich schlinge ihm die Arme um den Hals und küsse ihn, bis er ganz atemlos ist.

Er hebt mich ein Stück an. Ich spüre, wie er sich anders hinstellt, breitbeiniger, dann wandern seine Hände auf meinen Po und pressen mich fest an ihn. Wie sehr er mir gefehlt hat.

Meine Finger finden den Weg unter sein T-Shirt, zeichnen die Muskeln nach, die von den vielen Stunden im Schwimmbecken und im Kraftraum zeugen.

Mit einer schnellen Drehbewegung öffnet Gideon die hintere Tür und schiebt mich auf die butterweiche Lederbank. Er klettert mit seinem gestählten Körper über mich, nimmt den Platz ein, der so vertraut und so fremd zugleich ist. Sein Mund ist an meinem Hals, seine Hände an meinen Seiten.

»Weg.« Ich zerre an seinem Shirt. »Das muss weg.«

Er richtet sich auf und zieht es sich über den Kopf, was mir einen Moment gibt, das Kunstwerk zu betrachten, das Gideon Royals Körper ist. Gott war wirklich großzügig, als er Gid schuf. Er hat nicht nur dieses wunderschöne Gesicht – das kantige Kinn, die gerade Nase, die vollen Lippen –, sondern darüber hinaus noch einen Körper, auf den so manche Statue eifersüchtig wäre.

Vorfreudig lecke ich mir über die Lippen. »Sehr schön.«

Und als ich ihn mit einem Finger zu mir locke, folgt er der Aufforderung ohne ein Wort.

Er schiebt mein Top hoch. Ich helfe, ziehe es aus. Dann ist sein Mund auf meinem Schlüsselbein, oberhalb meines Spitzen-BHs. Aber schon bald verteilt er immer mehr Küsse auf meinem Bauch, rückt immer tiefer. Ich helfe bei all den Knöpfen, Reißverschlüssen und der Spitze, dann bei all seinen Knöpfen, Reißverschlüssen und der Baumwolle.

Und dann sind da nur noch wir beide, löschen unsere Vergangenheit aus, unseren Schmerz, überschreiben die schlechten mit neuen, kostbaren Erinnerungen.

»Savannah«, flüstert er und betont dabei jede einzelne Silbe, sodass mein Name wie eine Melodie klingt. Er küsst meine Wange, reibt seine Nase an meinem Kinn, gibt mir noch einen Kuss in die Kuhle zwischen den Brüsten. »Savannah«, wiederholt er. »Du hast mir so gefehlt.«

In seinen Worten liegt eine greifbare Einsamkeit. Eine Ernsthaftigkeit, die einfach nicht zu überhören ist.

»Dann lass mich diesmal nicht gehen«, flüstere ich.

»Niemals. Ich liebe dich, Savannah.« Er drückt sich ein Stück hoch, seine Arme zittern leicht. »Mein Herz gehört dir, seit ich dich das erste Mal gesehen habe. Bitte sag mir, dass du mich zurücknimmst.«

Ich ziehe ihn wieder an mich, hitzige Haut trifft auf hitzige Haut. »Das tue ich. Ich liebe dich auch, Gideon. Ich habe versucht, damit aufzuhören, aber es ging nicht. Du wirst mich nie wieder los.«

Das ist keine Drohung, sondern ein Versprechen. Seine Augen leuchten vor Freude auf, und er neigt seinen Kopf wieder zu meinem. Wieder will ich ihn näher, tiefer spüren. Bis wir die Dunkelheit aus dieser sündenvollen Gasse vertrieben und sie mit unserer reinen, süßen Liebe ersetzt haben.

Später, viel später, liegt er neben mir. Eine kühle Brise weht durch die offene Seitentür herein. Gideon ist zu groß, er passt nicht ganz in den Wagen. Normalerweise würde mich diese Exponiertheit schüchtern machen, stattdessen lache ich. Da hätte eine Traube von Leuten um den Wagen stehen können, ich hätte es nicht mal bemerkt.

»Was ist?«, neckt er mich.

»Nichts.« Aber ich setze mich auf und streife mir feuchte Strähnen aus dem Gesicht. »Wir sollten fahren.« Ich sehe mich nach meinem Shirt um.

Auch er richtet sich auf. »Weil man nicht länger als nötig am Tatort herumlungern sollte?«

Ich gebe ihm sein T-Shirt. »Das ist die zweite Regel im Bonnie-und-Clyde-Handbuch.«

»Was ist die erste?«

Ich grinse ihn an. »Was immer man verbricht, man verbricht es zusammen.«

Einundzwanzigstes Kapitel

GIDEON

Heute

»Fahr vorsichtig.« Ich gebe Savannah einen Kuss auf die Stirn und streife ihr eine Strähne hinters Ohr. Heute sind ihre Haare glatt. Ich kann nicht sagen, ob mir die seidigen Strähnen oder die wilden Locken besser gefallen. Eigentlich liebe ich beide.

Sie lächelt mich nervös und ein bisschen verkniffen an. »Und du kommst am Wochenende nach Hause?«

Ich kann ihre Sorge förmlich riechen, obwohl sie sich die größte Mühe gibt, sie vor mir zu verbergen. Ich sehe sie eindringlich an und hoffe, sie erkennt die Aufrichtigkeit in meinen Augen. »Komme ich. Am Freitag habe ich nur bis mittags Kurse, das heißt, ich bin in Bayview, bevor überhaupt die Schule aus ist. Und dann dauert es gerade mal drei Wochen, bis ich den ganzen Sommer über zu Hause bin.« Ich drücke sie noch einmal an mich und nehme dann ihren kleinen Koffer in die Hand.

»Wie lange wirst du dann genau in Bayview sein?« Sie

öffnet die hintere Tür ihres Mercedes und wartet darauf, dass ich den Koffer hineinstelle.

»Das weiß ich noch nicht hundertprozentig. Hast du alles erledigt, was du hier erledigen wolltest?« Reines Zeitschinden, denn ich frage mich, wo Julie bleibt.

»Ja, ich hab mir die Fakultät angeschaut, gesehen, wo die meisten meiner Kurse stattfinden werden, und meinen zukünftigen Betreuer kennengelernt.« Sie tippt gegen die Tür. »Ich habe Shea heute Morgen angerufen, sie erwarten mich also in ein paar Stunden zu Hause.«

Widerwillig stelle ich den Koffer auf den Rücksitz. Sav schlägt die Tür zu und schlingt dann die Arme um mich.

Vor lauter Überraschung vergesse ich fast, ihre Umarmung zu erwidern. Es ist so lange her, dass sie überhaupt den Kontakt zu mir gesucht hat, geschweige denn Körperkontakt. Ich hatte ganz vergessen, wie sehr mir das gefällt. Bei jeder anderen Gelegenheit würde ich sie jetzt sofort zur nächsten horizontalen Fläche schleppen. Gestern Nacht fehlte mir ja schon die Selbstbeherrschung, zu warten, bis wir in meinem Wohnheimzimmer waren. Trotzdem bereue ich keine Sekunde.

Ich drücke mir ihren Kopf gegen die Brust und halte Ausschau nach meiner verdammten besten Freundin.

»Ähm, du hältst mich ein bisschen fest.« Sie zappelt in meinen Armen.

Vorsichtig lockere ich meine Umklammerung. »Entschuldige, ich bin es nicht mehr gewöhnt, jemanden zu umarmen.«

»Oh, und dabei dachte ich, Cal und du kuschelt jeden Abend. Dabei bist du selbstverständlich der kleine Löffel«, scherzt sie.

»Gar nicht, Cal ist immer der kleine. Ach, wo wir vom Teufel sprechen.« Erleichterung durchwogt mich, als ich endlich meine beiden Freunde entdecke, die auf uns zueilen. Wären sie jetzt nicht endlich aufgetaucht, meine mitternächtlichen Pläne wären dahin gewesen.

»Sorry! Sorry!«, ruft Julie im Näherkommen. »Meine Mom hat angerufen, und es hat ewig gedauert, sie abzuwimmeln.« Sie greift nach Savs Arm. »Du musst noch mal eben mit reinkommen. Wir müssen noch was wegen dem Verbindungshaus klären, bevor du abfährst.«

»Oh, aber ich habe meiner Schwester gesagt, ich bin spätestens –«

»Du kannst sie ja von drinnen anrufen«, unterbricht Julie sie und zerrt Sav dann praktisch davon.

Ich grinse und winke ihnen nach, bis Sav im Haus verschwunden ist. Dann wende ich mich mit einem Stirnrunzeln an Cal. »Das war jetzt verdammt knapp. Was hast du denn mit Julie veranstaltet, dass das so lange gedauert hat?«

Röte schießt Cal ins Gesicht.

»Heilige Scheiße«, rufe ich, für einen Moment von meinem Plan abgelenkt. »Wie ist das denn so plötzlich gekommen?«

Er zuckt mit den Schultern und sieht gleichzeitig verlegen und sehr zufrieden aus. »Keine Ahnung. Wir haben darauf gewartet, dass du dich meldest, und dann über Liebe und so was gesprochen. Eins kam zum anderen. Kann sein, dass ich gesagt habe, was ich für sie empfinde.« Er schaut kurz weg, offenbar überwältigt. Von Verlegenheit? Oder Glück? Ich warte ab, bis er sich wieder gefangen hat, was nicht lange dauert. Er strafft die Schultern und schaut mir direkt in die Augen. »Jedenfalls hat sie dann gesagt, dass sie auch was für mich empfindet, und das mit den Bienchen und den Vögeln muss ich dir wohl nicht erklären?«

Muss er nicht, allerdings frage ich mich, was genau Cal da wohl mal erklärt worden ist. »Nee, schon in Ordnung, Mann. Ich freu mich für dich.« Grinsend klopfe ich ihm auf die Schulter.

Auch er grinst. »Danke. Aber wer würde mich nicht attraktiv finden? Ich bin ja auch besser als jedes All-you-can-eat-Buffet.«

»Klar bist du das. Man spricht übrigens von den Bienchen und den Blümchen.«

Cal kratzt sich am Kopf. »Bist du dir da sicher?«

»Ja, ziemlich.«

»Nee, ich glaube, du liegst falsch, mein Junge.« Mein Kumpel schüttelt voller Bedauern den Kopf. »Mein Dad und mein Onkel haben mir die Geschichte damals erzählt, und beide sprachen von Bienen und Vögeln.«

Ich hole meinen Autoschlüssel hervor. »Ich würde ja gern weiter mit dir diskutieren, aber ich muss nach Bayview. Sorgt einfach dafür, dass Sav frühestens in einer Stunde loskommt.«

»Eine Stunde?«, keucht er. »Wie soll ich das denn hinkriegen?«

»Erklär ihr das mit den Bienen und den Vögeln. Das sollte mindestens eine Stunde dauern.« Ich springe in meinen Wagen. Im Rückspiegel sehe ich noch, dass er mir den Finger zeigt, aber ich winke nur fröhlich zurück und mache mich auf den Weg nach Bayview. Ich muss noch eine Menge schaffen, bevor Sav nach Hause kommt.

»Machen Sie sich keine Sorgen, Mr Montgomery, ich werde gut auf Savannah aufpassen.« Mit einem Lächeln packe ich den grünen Ordner ein, den Savannahs Vater aus dem Safe geholt hat.

Mir gegenüber sitzt Shea und bedenkt mich mit einem finsteren Blick. »Wie du es in der Vergangenheit bereits bewiesen hast?«, fragt sie verächtlich.

»Nein, diesmal gebe ich mir mehr Mühe«, versichere ich ihr. Shea hat ja jedes Recht, wütend auf mich zu sein. Ich an ihrer Stelle hätte mich vermutlich nicht mal ins Haus gelassen. Glücklicherweise hat ihr Vater eine Schwäche für mich – oder vielleicht auch nur für meinen Nachnamen.

»Shea, dieser junge Mann hat sich entschuldigt. Jetzt müssen wir das Richtige tun und ihm vergeben, wie gute Christen das nun mal tun.«

Savs Schwester murmelt noch irgendwas, das verdächtig nach ›Ihm vergeben? Nur über meine Leiche‹ klingt. Ich lächle sie jedoch weiter an. Shea und ich werden für den Rest unseres Lebens miteinander zu tun haben, da hat es keinen Sinn, diesen Kampf fortzuführen.

»Vielen Dank, Sir«, sage ich zu Mr Montgomery. »Ich weiß Ihre Liebenswürdigkeit wirklich zu schätzen.«

»Nein, nein. Sie haben das Richtige getan. Sie sind hergekommen und haben sich entschuldigt.« Er hebt den Arm und klopft mir auf den Rücken. »Aber was sollte man auch anderes von Callum Royals Sohn erwarten?«

»Es wird ihn sicher freuen zu hören, dass Sie so große Stücke auf ihn halten, Sir.« Das ist ganz schön dick aufgetragen, aber auch mit Mr Montgomery werde ich ja viel zu tun haben, da ist es besser, er mag mich.

»Also gut, dann lass ich euch mal allein. Falls noch Fragen offen sind, ich bin in meinem Büro.« Er klopft mir noch einmal auf den Rücken und verlässt dann das Zimmer.

Kaum ist er außer Hörweite, legt Shea auch schon los. »Ich kann nicht fassen, dass du dich überhaupt hierhertraust«, zischt sie. »Wäre das Leben fair, hätte dich der Blitz getroffen, als du den Fuß auf unsere Auffahrt gesetzt hast.«

»Du hast ja recht.«

»Du ... wie bitte?« Sie unterbricht sie selbst.

»Du hast recht. Ihr seid mir nichts schuldig, weder Sav noch du, noch deine Familie. Du hast das gute Recht, mich bis in alle Ewigkeit zu hassen.«

»Und wo ist der Haken? Wo bleibt das Aber?«

»Es gibt keinen Haken.« Ich breite die Hände aus. »Ich sage die Wahrheit.«

Shea ist so verblüfft, dass da gar keine Reaktion von ihr kommt. Zumindest offenbar keine, die sie in Worte fassen könnte. Und bevor sie zu einer weiteren Verbalattacke ansetzen kann, schneit Savannah in die Küche der Montgomerys.

»Hey, Shea. Dad hat gesagt, du bist ...« Sie verstummt kurz, als sie mich sieht. »Gid! Was machst du denn hier?«

»Genau das hab ich ihn auch gefragt!« Shea steht mit einem Schnauben auf, umrundet den Tisch und stellt sich beschützend neben ihre jüngere Schwester.

»Ich habe Julie gebeten, dich ein bisschen aufzuhalten, damit ich eher hier bin.« Dann zaubere ich einen Umschlag hervor und reiche ihn ihr.

Sie betrachtet ihn argwöhnisch. »Was ist das?«

Shea nimmt ihn ihr aus der Hand. »Er will mit dir den gesamten Juni in der Schweiz verbringen.« Shea zieht Savs Reisepass heraus und wedelt damit vor ihrem Gesicht herum.

Savs Miene wandelt sich von skeptisch zu überwältigt. »Du willst mit mir ins Ausland?«

»Nur, wenn du mitkommen willst«, sage ich schnell. »Ich dachte einfach, dass der Sommer, bevor du ans College gehst, unvergesslich werden sollte. Wir fliegen mit einem unserer Flugzeuge, verbringen ein paar Wochen in den Alpen und fahren dann noch nach Venedig. Ich habe mir die Jacht eines Kumpels geliehen, damit wir den Rest des Monats an der Mittelmeerküste verbringen können.«

Ihr Kinn fällt fast bis zum Boden. »Ist das dein Ernst?«

»Ja.«

»Warum?«

»Wir haben uns doch mal darüber unterhalten zu verreisen, und ich möchte dir alles bieten, was ich dir versprochen und bisher vorenthalten habe.«

»Wie Treue zum Beispiel«, zischt Shea.

Sav wirft ihrer Schwester einen finsteren Blick zu, aber ich nicke nur. »Genau. Wie Treue. Ehrlichkeit. Liebe.« Ich stehe auf und gehe zu Savannah. »Deshalb habe ich diesmal mein Versprechen auch sehr öffentlich in die Zeitung gesetzt.« Ich werfe sie auf den Tisch. »Vor Gott und aller Welt.«

Die Zeitung fällt genau auf der gewünschten Seite auf: Dort prangt eine doppelseitige Anzeige, für die ich gebettelt, gefleht und schlussendlich ein Vermögen hingelegt habe – mit dem ich vermutlich den gesamten blöden Zeitungsverlag hätte kaufen können, statt nur diese eine Hochglanzanzeige.

»Für den klügsten, mutigsten, schönsten …«, liest Shea vor. Sav schlägt sich eine Hand vor den Mund, und sie lesen beide leise weiter.

Ich gehe den Brief gedanklich noch einmal durch.

… und großherzigsten Menschen der Welt. Ich gratuliere dir von Herzen zu deinem vorgezogenen Abschluss und der Aufnahme an die State. Sie haben großes Glück, dass du dich für sie entschieden hast, aber lange nicht so ein großes Glück wie ich.
Als ich dich vor drei Jahren zum ersten Mal gesehen habe, konnte ich nicht ahnen, wie sehr ich dir verfallen würde.

Du hast mich umgehauen, und seither schlägt mein Herz für dich.
Unsere Liebesgeschichte war nicht immer leicht. Weil ich so ein Arsch bin. Launisch, ungeduldig, rücksichtslos. Du hast mir vergeben, wo ich keine Vergebung verdient habe. Jeden Abend schlafe ich mit der Frage ein, was ich Großartiges in meinem früheren Leben geleistet habe, um dich in diesem zu verdienen.
Ich liebe dich, egal, wie du dich zeigst. Ob mit lockigem oder glattem Haar, ohne Make-up, mit roten Lippen, in einem Seidenkleid oder einer Jogginghose.
Du wirst dein Studium an der State rocken, so wie du mein Leben in den letzten drei Jahren gerockt hast. Noch einmal meine herzlichen Glückwünsche. Ich kann es kaum erwarten, das nächste Jahr – das erste vom Rest unseres Lebens – mit dir zusammen zu verbringen.
In Liebe
Gideon Royal

»Wann hast du das denn organisiert?«, flüstert Sav, als sie mit vor Überraschung großen Augen zu mir aufsieht.

»Gestern, mitten in der Nacht. Ich habe Dad angestiftet, den Geschäftsführer zu beknien, bis er zustimmte, das für mich abzudrucken.« Ich erwähne mal lieber nicht, was mich das gekostet hat – abgesehen vom Geld musste ich mich nämlich eine halbe Stunde lang von meinem alten Herrn anmaulen lassen, weil ich ihn für etwas geweckt hatte, was er »eine beschissene Liebeserklärung« nannte, deren Ergebnis eh »nicht länger halten wird als eine seiner Sitzungen auf dem Klo«.

Shea räuspert sich. »Also, ich geh dann mal nach oben. Aber glaub ja nicht, dass ich dich aus den Augen lassen werde.«

Ich grinse sie an. »Ich werde dich beizeiten daran erinnern, Schwesterchen.«

»Schwesterchen?«, schäumt sie.

»Geh jetzt.« Sav schiebt ihre Schwester zur Tür hinaus, und dann bin ich endlich allein mit ihr. »Gideon, der Mann der großen Gesten«, seufzt sie und sinkt auf einen der Stühle.

»Wer großen Mist baut, braucht große Gesten.« Ich ziehe einen Stuhl nah zu ihr und umschließe ihre Beine mit meinen. »Was sagst du, bist du bereit für einen Trip, um deinen Schulabschluss zu feiern?«

»Ja.« Sie lacht leise. »Was musstest du meinem Vater versprechen, damit er zustimmt?«

»Mein Dad hat ihn angerufen«, gestehe ich.

»Das heißt, wir reisen zu zweit? Nur wir beide?«

Ich zucke mit den Schultern. »Außer du willst noch jemanden mitnehmen.«

»Im Ernst?« Sie schaut mich verwundert an. »Ich dürfte noch jemanden mitnehmen?«

»Klar. Darüber wäre ich jetzt nicht gerade begeistert«, gebe ich zu, »aber schließlich sollst ja du glücklich sein.«

»Wenn ich also noch einen anderen Typ mitbringen wollte, wäre das okay für dich?«

Bei dem Gedanken, dass jemand anderes Sav berührt, ballen sich meine Hände unwillkürlich zu Fäusten, aber ich zwinge mich trotzdem zuzustimmen. »Wenn du das willst.«

Sie lacht schallend los. »Du siehst aus, als hättest du gerade etwas Vergammeltes gegessen. Mach dir keine Gedanken – ich werde niemanden mitnehmen.«

Erleichtert sacke ich in mich zusammen. »Die Vorstellung hat mich nicht gerade froh gemacht.« Ich lockere die Fäuste und lege eine Hand auf ihre. »Aber es macht mich glücklich, wenn ich dich glücklich machen kann.«

Sie dreht ihre Hand, sodass wir die Finger ineinander verschränken können. »Ich will keinen anderen. Wollte ich nie. Das war ja das große Problem.«

Ich neige mich zu ihr, bis unsere Stirnen zusammentreffen. »Und jetzt?«

»Und jetzt ... jetzt ist es kein Problem mehr. Wir haben so viel durchgemacht und trotzdem wieder zueinandergefunden. Das grenzt doch fast schon an ein Wunder, oder?«

Kleine Diamanten funkeln an ihren Wimpern, als ihr überraschend Tränen kommen. Ich wische eine weg. Dann eine weitere. »Du bist das Wunder«, flüstere ich. Und dann küsse ich sie.

Vor Gott und aller Welt.